贫交行

翻手为云覆手雨①，纷纷轻薄何须数。君不见管鲍贫时交②，此道今人弃如土③。

注释

①覆：颠倒。②管鲍：指管仲和鲍叔牙。管仲早年与鲍叔牙相处很好，管仲贫困，也欺负过鲍叔牙，但鲍叔牙却始终善待管仲。现在人们常用『管鲍』来比喻情谊深厚的朋友。③弃：抛弃。

译文

翻手为云覆手为雨，众多的轻薄之交何须去一一数点。君不见管仲和鲍叔牙不因贫富而异的交情，这种交友之道被现在的人弃之如土。

悲陈陶

孟冬十郡良家子①，血作陈陶泽中水②。野旷天清无战声，四万义军同日死③。

群胡归来血洗箭④，仍唱胡歌饮都市⑤。都人回面向北啼⑥，日夜更望官军至。

注释

①孟冬：农历十月。十郡：指秦中各郡。②陈陶：地名，在长安西北。③义军：官军。④群胡：指安史叛军。安禄山是奚族人，史思明是突厥人。他们的部下也多为北方少数民族人。⑤都市：指长安街市。⑥向北啼：这时唐肃宗驻守灵武，在长安之北，故都人向北而啼。

译文

初冬时节，从十几个郡征来的良家子弟，一战之后鲜血流满了陈陶水泽。晴空下的旷野现在已经没有战斗杀伐之声，四万正义之师在一日之内全部战死。胡兵战罢归来，箭镞上沾满了鲜血，如同用血洗过，他们唱胡歌在长安街市上饮酒作乐。长安百姓转头向灵武方向啼哭，日日夜夜更加盼望官军前来收复国都。

哀江头①

少陵野老吞声哭②，春日潜行曲江曲③。江头宫殿锁千门④，细柳新蒲为谁绿。忆昔霓旌下南苑⑤，苑中万物生颜色⑥。昭阳殿里第一人⑦，同辇随君侍君侧。辇前才人带弓箭⑧，白马嚼啮黄金勒⑨。翻身向天仰射云，一笑正坠双飞翼⑩。明眸皓齿今何在⑪，血污游魂归不得⑫。清渭东流剑阁深，去住彼此无消息⑬。人生有情泪沾臆，江水江花岂终极⑭？黄昏胡骑尘满城，欲往城南望城北⑮。

注释

①肃宗至德二载（757）三月杜甫在长安所作。时长安被安史叛军攻占。江，曲江。②少陵野老：杜甫在长安时曾住少陵附近，故以自称。③曲江曲：曲江深曲处。④江头宫殿：《旧唐书·文宗纪》：『上（文宗）好为诗，每诵杜甫《曲江行》（即本篇）……乃知天宝已前，曲江四岸皆有行宫台殿，百司廨署。』王嗣奭曰：『曲江头，乃帝与贵妃平日游幸之所，故有宫殿。』⑤霓旌：皇帝的旌旗。《文选》司马相如《上林赋》：『拖蜺（同霓）旌。』李善注引张揖曰：『析羽毛，染以五彩，缀以缕为旌，有似虹蜺之气也。』南苑：即芙蓉苑，在曲江之南。⑥生颜色：焕发光辉。⑦昭阳殿里第一人：指杨贵妃。昭阳，汉殿名，成帝皇后赵合德所居。

第一人，最受宠爱的人。⑧『辇前才人』句：唐有专门讲习武艺的宫女，称之为『射生宫女宿红妆』）。《新唐书·百官志》：『内官才人七人，正四品。』⑨啮：咬。音（niè）。勒：马衔的嚼口。⑩『一笑』句：这句是由忆昔到伤今的转折。一笑，主语是贵妃。笑，一作『射』，一作『发』。按：作『射』作『发』，均指才人，与贵妃无关，和下文明眸皓意不相属，作『笑』为是。双飞翼，即双飞鸟。⑪明眸皓齿：写杨贵妃的美丽，承上句『一笑』而言。《文选》曹植《洛神赋》：『丹唇外朗，皓齿内鲜，明眸善睐，靥辅承权。』⑫『血污游魂』句：指马嵬兵变，贵妃被缢死。参前录白居易《长恨歌》。⑬『清渭』二句：仇兆鳌注：『马嵬驿，在京兆府兴平县（今属陕西），渭水自陇西而来，经过兴平，盖杨妃藁葬渭滨，上皇（玄宗）巡行剑阁，是去住西东，两无消息也。』（《杜少陵集详注》卷四）清渭，渭水清，泾水浊，成语有『泾渭分明』。剑阁，入蜀要隘。⑭『人生』：二句：对景伤情，而以下句的无情，衬托出上句的有情。⑮『欲往』句：写极度悲哀中的迷惘。望，向。

译文

少陵野老将悲泣声声咽回，春天里，偷偷漫行在曲江之隈。江头的宫殿重重门户闭锁，柳绽细芽，蒲泛新绿，又究竟为了谁！想当初，霓虹般的仪仗降临曲江之南芙蓉园，苑中的万物啊感沐皇恩添光辉。后宫佳丽贵妃称第一，随君王，她同辇侍奉在君侧。辇前的才人红颜英姿带弓箭，坐下的白马矫健躁动咬嚼着黄金勒。才人翻身仰天，挽弓射向云，箭贯双鸟落马前，正当贵妃莞尔一笑间。那带笑的明眸皓齿今何在？只落得马嵬兵变，血污芳魂飘游归不得。清清的渭水东流啊，深深的剑阁西迎，魂留渭滨君西行，西去东留啊彼此无消息。人生有情啊，抚今伤昔热泪沾胸襟；江水江花啊，无知无情，年年如此水流花开哪儿是终极！黄昏降，胡骑驰，烟尘布满了长安城；野老我欲向城南家中行，却不知凄迷怔忡，竟然向城北。

哀王孙①

长安城头头白乌②，夜飞延秋门上呼③。又向人家啄大屋，屋底达官走避胡。金鞭断折九马死④，骨肉不得同驰驱⑤。腰下宝玦青珊瑚⑥，可怜王孙泣路隅⑦。问之不肯道姓名，但道困苦乞为奴。已经百日窜荆棘，身上无有完肌肤。高帝子孙尽隆准⑧，龙种自与常人殊。豺狼在邑龙在野⑨，王孙善保千金躯。不敢长语临交衢⑩，且为王孙立斯须⑪。昨夜东风吹血腥⑫，东来橐驼满旧都⑬。朔方健儿好身手，昔何勇锐今何愚⑭。窃闻天子已传位⑮，圣德北服南单于⑯。花门剺面请雪耻⑰，慎勿出口他人狙⑱。哀哉王孙慎勿疏，五陵佳气无时无⑲。

注释

①哀王孙：新乐府辞。王孙，此特指李唐宗室子弟。天宝十五载（756）六月九日安禄山破潼关，乱军之入长安即在本月。据『已经百日窜荆棘』句，诗当作于本年十月或稍后。百日是举成数而言。②头白乌：

不祥之乌。《南史·侯景传》：『景修饰台城及朱雀、宣阳寺门，童谣曰：「白头乌，拂朱雀，还与吴。」』③延秋门：长安唐宫苑西门。天宝十五载六月乙未晨，玄宗自延秋门出奔，过便桥渡渭水，自咸阳大道西行。④九马：天子车驾九马。《西京杂记》：『文帝自代还，有良马九匹。』⑤『骨肉』句：《通鉴·唐纪》记，玄宗幸蜀，妃主，皇孙之在外者，皆委之而去。』可互参。⑥宝玦青珊瑚：玉玦与青珊瑚二物，均为佩饰。玦为环状缺口玉佩。⑦隅：角。⑧『高帝』二句：《史记·高祖本纪》：『高祖为人隆准而龙颜。』此借汉喻唐。隆准，高鼻子。⑨『豺狼』句：言乱军入城而玄宗出奔在野。按安禄山自反后未曾入长安，此时在东都洛阳。⑩交衢：十字街口。衢，四通八达的大道。《尔雅·释宫》：『四达谓之衢。』⑪且：姑且。斯须：一会儿。⑫『昨夜』句：此特言『昨夜』，当指本年十月，兵马大元帅宰相房琯兵败陈陶驿，死伤四万余人，陈陶在长安东，故诗言『东风吹血腥』。⑬『东来』句：《旧唐书·史思明传》：『自禄山陷西京，常以骆驼运西京珍宝于范阳，不知纪极。』旧都，当时肃宗已即位灵武，故称长安为旧都。⑭『朔方』二句：朔方健儿指哥舒翰。翰为名将，威震吐蕃，安史之乱，玄宗委以重任，将河陇朔方兵及蕃兵二十万拒贼，战败于灵宝西原。复守潼关，蕃将火拔归仁欲降贼，哄翰出关，缚送洛阳，故诗云云。⑮『窃闻』句：天宝十五载七月，肃宗即位于灵武。改元至德。⑯『圣德』句：南单于，匈奴薁鞬日逐王自立为南单于。此指回纥，为匈奴后裔。《旧唐书·肃宗纪》载，肃宗即位后，回纥、吐蕃皆遣使请和亲，表示愿助国讨贼。次年二月，回纥首领入朝。⑰花门：回纥别称。剺面：割面以自誓。《后汉书·耿秉传》：『匈奴或至梨（剺）面流血。』剺音（lí）。⑱『慎勿』句：至德元载九月，贼将孙孝哲害霍国长公主、永王妃及驸马杨驲等八十人，又害皇孙二十余人，并刳其心。以祭安禄山战死之子安庆宗。王侯将相扈从（玄宗）入蜀者，子孙兄弟，虽在婴孩之中，皆不免于刑戮。当时降逆之臣，必有为叛贼耳目，搜捕皇孙妃主以献奉者。故先云『王孙善保千金躯』，又云『慎勿出口他人狙』『哀哉王孙慎勿疏』。狙（jū），猕猴，善伺伏突袭，故有『狙击』之语。⑲五陵：玄宗之前唐室五陵：高祖献陵，太宗昭陵，高宗乾陵，中宗定陵，睿宗桥陵。非指汉代五陵。佳气：指陵墓间葱郁之气，意谓大唐气运不衰。

译文

长安城头有只白头乌，夜间先飞到延秋门上呼。又飞到人家敲啄广厦大屋，屋里的高官逃避胡兵弃家已奔躲。圣上的金鞭既断折，驾车的九马也已死，宗亲骨肉啊，不能一同西驰蜀。有一人腰悬宝玉佩玦青珊瑚，可怜他本为王孙，如今哀哀路边哭。问他姓甚名谁他不肯言，只说道：『窘困贫苦请求当奴仆。藏身荆棘丛中已百日，身上完整的肌肤没一处。』高祖的子孙个个都是高鼻梁，龙种本来就与常人相貌有异殊。『如今叛胡入城君王反在野，王孙啊，你身价千金万万要保重』，十字路口我不敢与他长交谈，姑且啊为之

立谈一会为慎重，『昨夜里，东风吹来阵阵血腥味，骆驼东来，载送劫掠的宝物挤满旧皇都。哥舒将军好身手，为什么昔日神勇，此番愚鲁到这地步？我私下里听说天子已经传位在灵武，今上的圣德感服得回纥来从附，回纥军割面立誓正在请兵雪耻图恢复，王孙啊，你务必言语慎重谨防他人来狙捕。真可悲叹啊，王孙王孙你千万千万别疏忽，你可见，先皇五陵上空佳气蒸腾终日不停住。』

春宿左省

花隐掖垣暮①，啾啾栖鸟过②。星临万户动，月傍九霄多③。

不寝听金钥④，因风想玉珂⑤。明朝有封事⑥，数问夜如何？

注释 ①掖垣：唐时门下省与中书省分立宣政殿两侧，如人之两液（『掖』同『腋』），故名。②啾啾（jiū）：鸟鸣之声。③九霄：此代皇宫。④金钥：指钥匙开启宫门的声音。⑤玉珂（kē）：马铃。⑥封事：奏章。

译文 傍晚，花丛隐没门下省墙边，啾啾声处，一群回巢的鸟儿飞过。星光闪烁，千门万户像在闪动，宫殿靠近云霄，得到月光很多。深夜不眠，静听宫门钥锁，晚风吹动，想起马上的玉珂。明天上朝，还有重要奏章上奏，所以屡次探问，到什么时辰了。

曲江（一）

一片花飞减却春①，风飘万点正愁人②。且看欲尽花经眼③，莫厌伤多酒入唇④。

江上小堂巢翡翠⑤，苑边高冢卧麒麟⑥。细推物理须行乐⑦，何用浮名绊此身⑧？

注释 ①减却春：减掉春色。②万点：形容落花之多。③且：暂且。经眼：从眼前经过。④伤：伤感，忧伤。⑤巢翡翠：翡翠鸟筑巢。⑥冢：坟墓。⑦推：推究。物理：事物的道理。⑧浮名：虚名。

译文 一片花瓣飞落就能使春色衰减了，何况是眼前风飘万点落花，正让人心生愁闷。且看飘零欲尽的春花从眼前飞过，不要推辞将过多的美酒吸入唇口。曲江上的楼堂有翡翠鸟筑巢栖身，芙蓉苑边高坟前的石麒麟倒卧在草丛间。细细推究事物盛衰变化的道理，应当及时行乐，何必用浮名来把自身羁绊住呢？

曲江（二）

朝回日日典春衣①，每日江头尽醉归②。酒债寻常行处有，人生七十古来稀。

穿花蛱蝶深深见③，点水蜻蜓款款飞④。传语风光共流转⑤，暂时相赏莫相违⑥。

注释 ①朝回：退朝回来。典春衣：典当春衣换钱买酒。②江头：曲江边。③蛱蝶：蝴蝶恋花，飞来飞去。深深见：忽隐忽现。『见』即『现』。④款款飞：忽上忽下，从容自在地飞。⑤传语：请转告。共

[illegible]

春宿左省

花隐掖垣暮，啾啾栖鸟过。星临万户动，月傍九霄多。

不寝听金钥，因风想玉珂。明朝有封事，数问夜如何？

[illegible]

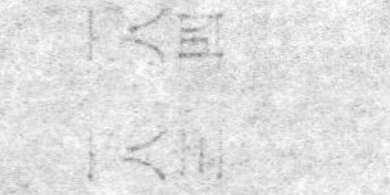

曲江（一）

一片花飞减却春，风飘万点正愁人。且看欲尽花经眼，莫厌伤多酒入唇。

江上小堂巢翡翠，苑边高冢卧麒麟。细推物理须行乐，何用浮名绊此身？

[illegible]

曲江（二）

朝回日日典春衣，每日江头尽醉归。酒债寻常行处有，人生七十古来稀。

穿花蛱蝶深深见，点水蜻蜓款款飞。传语风光共流转，暂时相赏莫相违。

[illegible]

流转：一起游玩。⑥莫相违：希望春光不要抛人而去。

译文

散朝回来天天去典当春衣，换得的钱每天到江头痛饮至醉方归。到处都欠着酒债是寻常事，自古以来能活到七十岁的人很稀少。看那蝴蝶在花丛深处穿来穿去，不时点下水的蜻蜓缓缓地飞着。传话给春光，让我与你一同流转，虽是暂时相赏，春光也莫要抛人而去啊。

赠卫八处士①

人生不相见②，动如参与商③。今夕复何夕④，共此灯烛光。少壮能几时⑤，鬓发各已苍⑥。访旧半为鬼⑦，惊呼热中肠⑧。焉知二十载⑨，重上君子堂⑩。昔别君未婚，儿女忽成行⑪。怡然敬父执⑫，问我来何方。问答未及已⑬，儿女罗酒浆⑭。夜雨剪春韭，新炊间黄粱⑮。主称会面难，一举累十觞⑯。十觞亦不醉，感子故意长⑰。明日隔山岳⑱，世事两茫茫。

注释

①作于肃宗乾元二年（759）春。上年，杜甫因上疏营救房琯，由左拾遗贬为华州司功参军，冬末赴洛阳。此年春由洛阳返华州，途遇卫八处士，有感而作。赠，赠诗。卫八姓卫，排行第八。以排行称某人，是唐人友朋之间的习惯。处士，隐居不仕之人。卫八处士名不详。②不相见：极言相聚之难。③参与商：二星宿名，即参宿与商宿。参音（shēn）。商宿即心宿。二者均属二十八宿。二宿西东相对，此没彼隐，永不相见。古人便用为人生不相逢的熟典，见《左传·昭公元年》。④这一句化用《诗·绸缪》『今夕何夕，见此良人』，用上句，隐含下句意。⑤『少壮』句：古诗『少壮不努力，老大徒伤悲』。⑥苍：灰白色。⑦访旧：指一路寻访旧友。⑧惊呼：指初见卫八时惊喜状。热中肠：中肠热的倒置，指内心的冲动。⑨焉知：怎知。二十载：指相别二十年。⑩君子堂：指卫八的家。⑪成行：形容多而长幼有序。⑫怡然：指神色快乐谦和善意。父执：父亲一辈的朋友。⑬未及已：还没停止。⑭罗：张罗，准备并布置。⑮间黄粱：在白粱中掺和着黄粱。间，动词，读去声。黄粱，黄色小米，较白粱粒大味美，而产量小。因此间黄粱表示主人家贫而尽心招待来客。⑯累：累积，这里指连连。觞（shāng）：大杯。⑰故意：故人感旧之意。⑱山岳：当指西岳华山，杜甫由洛阳向华州，当经过华山，华州在华山西。

译文

人生多离别，常常南北东西难相见，就像那参商二星，此现彼隐遥相间。今夜不知恰逢什么好日子，竟能够与老友共对一支灯烛光。人生苦短啊，少年青壮能有多少年？不知不觉间，你我已鬓发灰白两苍苍。一路上打听旧日的亲友啊，多半已归阴成新鬼，今日里得逢您啊，悲喜交集，惊呼不已肠中起热潮。不存想，故友阔别二十年，还能够，重新登堂入室来到您的家。（还记得）当初分别您还未成婚，日子过得真快啊，转眼间，儿女竟然排成了行。他们坦然恭敬，向着父辈好友来致敬，问我啊：伯父今日来何方？你问我答还

没个完，儿女们张罗已毕摆酒浆。剪一把春韭，夜雨滋润得它分外地鲜；煮一锅干饭，搀着黄米粒儿分外地香。主人说，人生会面真是难上难，他连连劝酒，一干十杯连端上，十杯村酒也不醉，只为老友情暖最深长。转想起明日分别，又将山河阻，不由我惆怅复起，更觉世事渺茫茫。

佳人①

绝代有佳人②，幽居在空谷③。自云良家子④，零落依草木⑤。关中昔丧乱⑥，兄弟遭杀戮。官高何足论⑦，不得收骨肉⑧。世情恶衰歇⑨，万事随转烛⑩。夫婿轻薄儿⑪，新人美如玉⑫。合昏尚知时，鸳鸯不独宿。但见新人笑，那闻旧人哭⑬。在山泉水清，出山泉水浊⑭。侍婢卖珠回⑮，牵萝补茅屋⑯。摘花不插发⑰，采柏动盈掬⑱。天寒翠袖薄⑲，日暮倚修竹⑳。

注释

①乾元二年（759）秋，杜甫弃官取道秦州入蜀途中作。②此句本于汉李延年《北方有佳人》：『北方有佳人，绝世而独立。』唐人避太宗李世民名讳改『世』为『代』。绝代，一代中绝无仅有者。③幽居：此指避居深山中。④良家子：有社会地位人家的子女。良家区别于低贱人家而言。汉时规定，医、商、贾、百工，不得称为良家。⑤零落：指身世飘零，家道沦落。依草木，指山居为生。⑥关中：函谷关以西地区，指长安一带。丧乱：指天宝十五载京城沦陷。丧读去声。⑦官高：补出此『良家子』出于官宦人家。⑧收骨肉：当指收拾被杀兄弟的尸身。一说不得收骨肉，指不能骨肉（亲人）相聚合。亦通。⑨恶衰歇：厌恶、看不起败落的人家，恶音（wù）。⑩转烛：烛光在风中摇曳转动，比喻世事不测。⑪夫婿：古时妻子对人也称丈夫为夫婿。轻薄儿：犹言浪荡子、薄情郎。⑫这句说丈夫厌旧喜新，另有所欢。『美如玉』，未必新人真的比旧人美，而是由丈夫眼中看出。⑬『合昏』四句：上二句兴起下二句。合昏花知时，鸳鸯鸟双栖，对新人来说，正和新婚欢娱相同，故『笑』；对旧人而言，则睹物伤情，更见出自己的孤独，故『哭』。合昏，即马缨花，又名合欢、夜合，豆科乔木，羽状复叶，早晨展开，入夜更复合在一起，故称『知时』。鸳鸯，水鸟，雌雄相随。二物在古诗词中常比喻夫妻或情人。⑭『在山』二句：意谓幽居空谷可以保持贞洁，以山泉兴起以下六句。⑮卖珠回：见贫困以典当为生。⑯牵萝：用《楚辞·湘夫人》『罔薜荔兮为帷』句意。萝亦香草，取其芳洁之意。补茅屋：亦见贫困。⑰这句意谓仪态幽静而不事妆饰，见佳人之贞洁。⑱『采柏』句：用《楚辞·山鬼》『山中人兮芳杜若，饮石泉兮荫松柏』句意。柏为贞实之木，亦以见贞洁。盈掬（jū），满把。柏子可食，柏叶可酿酒，故采之。⑲翠袖：指妇女的衣衫。⑳倚修竹：晋江逌《竹赋》：『有嘉生之美竹，挺纯姿于自然』，此以修竹映衬佳人。修，长。以上六句均切『在山清』之意。

译文

有位盖世无双的美人，在空旷的山谷间幽居孤独。自称本是大户人家女，世乱只能依傍山间的

杜甫

草木。她说道：『前些年，关中连连逢战乱，兄弟辈，可怜一一遭杀戮。官位再高又有什么用，还不是无人收葬尸身暴露。世态炎凉，失势人总是被弃唾；世事翻覆，就像那走马灯儿变化荣枯。夫君本是轻薄郎，见到我家衰落，又娶了个花容玉貌的新妇。合昏花儿，清晨展叶夜复合；鸳鸯鸟儿，雌雄相随不独宿。可是夫君啊，他只是痴痴相看新妇笑，哪听我，结发的旧人暗暗地哭。泉水在山本来清，流出山中就变浊。（清自清浊者浊，我既为弃妇，甘愿独自山中宿。）』说话间，贴身的侍女市上典卖珠串回，主婢俩，又拖牵着藤萝将茅草棚儿来修补。摘下了头上的花朵，她再也不精心妆梳；采取那柏子充食，一会儿已经满握。天气转寒了，可怜她身上衣衫仍单薄，夕阳西坠了，她还是独倚修长的翠竹。

梦李白（一）①

死别已吞声②，生别常恻恻③。江南瘴疠地④，逐客无消息⑤。故人入我梦，明我长相忆⑥。恐非平生魂⑦，路远不可测⑧。魂来枫林青⑨，魂返关塞黑⑩。君今在罗网⑪，何以有羽翼⑫？落月满屋梁⑬，犹疑照颜色⑭。水深波浪阔，无使蛟龙得⑮。

注释

①作于肃宗乾元二年（759）秋。先此李白入永王李璘幕府拟讨伐安史叛军，谁知李璘与肃宗争权，兵败以叛逆论处，李白也因而以从逆罪入浔阳狱，乾元元年流放夜郎（治所在今贵州正安西北），次年行至白帝城赦回。杜甫当时流寓秦州，不知李白遇赦消息，日夜思念，连夜梦见故友，写下这二诗。②已吞声：已，止于；吞声，咽泣。③常恻恻：内心悲凄，长时期无可摆脱。④江南：由浔阳向夜郎，一路属江南西道地。瘴疠：因瘴气而生的流行病。瘴，南方水泽地区炎热潮湿，动植物腐烂其中，气雾蒸腾可致人疾病，叫作瘴气。⑤逐客：被流放之人，指李白。⑥明：表明。⑦平生魂：指生人的三魂七魄。古人认为，生人梦遇，是魂魄来见，所以梦魂连用。恐非平生魂，是怀疑人已死，鬼魂来见。⑧这句补出上句怀疑的原因。李白远贬，可能遭受不测。⑨枫林：点明李白魂来自江南楚地。《楚辞·招魂》：『湛湛江水兮上有枫，目极千里兮伤客心，魂兮归来哀江南。』⑩关塞：点明李白魂来而复去之地，也就是杜甫所寓的秦州。秦陇多关塞。⑪罗网：比喻罪犯身不由己。⑫『何以』二句：这两句一本在『明我长相忆』句之下。何以，为什么。羽翼，羽翅。⑬落月：斜落的月亮。梁：旧式房屋大梁都显露在外，所以能为月光所照。⑭颜色：指李白面容。⑮蛟龙：江南多江湖，水中多蛟龙。这里明是叮咛李白魂归途要小心，也暗示社会险恶，要小心为小人所乘。

译文

干脆死别也不过是吞声咽泣，与君生离，常使我凄凄切切。江南地，从来就多瘴气瘟疫；更何堪，放逐的人啊，久久没消息。老朋友啊，你终于来到了我的梦中，应知我，将你日日夜夜长相忆。怕只怕，相见已非生人魂，要不然，迢迢长路又怎能预期。魂魄飞来啊，楚地枫林青；魂魄归去啊，秦塞关山黑。我

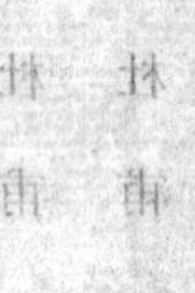

想您现在获罪拘系在浔阳狱，又怎能插上双翅来到我身边。西斜的晓月照满了屋梁，梦醒了，却觉得月色似曾照耀您容光依稀。远谪的前途啊，江湖水深波浪阔，千万小心啊，别让窥人的蛟龙将您吞食。

梦李白（二）

浮云终日行，游子久不至①。三夜频梦君，情亲见君意。告归常局促②，苦道来不易③。江湖多风波，舟楫恐失坠④。出门搔白首⑤，若负平生志⑥。冠盖满京华⑦，斯人独憔悴⑧。孰云网恢恢⑨，将老身反累⑩。千秋万岁名，寂寞身后事。

①这两句用《古诗》『浮云蔽白日，游子不顾返』句意。自天宝四载（745）秋，李、杜在兖州石门分别起，至此已十四年未见面，故称『久不至』。②告归：指白魂告辞归去。局促，这里指匆促。③苦道：再三诉说。④舟楫：楫，船桨，舟楫指舟船。⑤搔白首：苦恼无奈状。白首，李白这年五十九岁，又遭磨难，杜甫想来他应已白发满首。⑥若负：好像辜负了。⑦冠盖：冠为冠冕，盖为车盖，均是高官贵人所用。京华，京城。⑧斯人：此人，指李白。憔悴，形容枯槁，指困顿不遇。⑨孰云：谁说。网：天网，《老子》七十三章：『天网恢恢，疏而不失。』是说天道如广大无边、孔眼疏稀的网，宽容而公正。这一句对此说表示怀疑，其实是为李白抱不平。⑩累：受连累。

译文

浮云飘飘，终日里，飘个不停；游子远去啊，久久地，不曾还归。三夜里，我梦中频频见到你，友情深深啊，足见你诚挚的心意。梦中你告辞归去，常常匆匆又促促，更深痛极哀频倾诉，说是回来一次真不易。江湖之上多风波，小舟漂荡，我总担心有闪失。出门离去，你更叹恨连连搔白头，那意态啊，似诉平生不得意。高冠华盖的官员啊，车马满京华；独有你，茕茕独立更憔悴。有道是天网恢恢，将世人公平来覆罩；却为何，高才如你，年岁将老反获罪。你必将，千万年后留盛名，只可叹，寂寞冷清，死后哀荣何足论。

新安吏

客行新安道，喧呼闻点兵。借问新安吏：『县小更无丁？』『府帖昨夜下，次选中男行。』『中男绝短小，何以守王城？』肥男有母送，瘦男独伶俜。白水暮东流，青山犹哭声。『莫自使眼枯，收汝泪纵横。眼枯即见骨，天地终无情！我军取相州，日夕望其平。岂意贼难料，归军星散营。就粮近故垒，练卒依旧京。掘壕不到水，牧马役亦轻。况乃王师顺，抚养甚分明。送行勿泣血，仆射如父兄。』

译文

我走在通往新安的路上，忽然听到有人喧哗，原来是吏役在村里征兵。我问那些吏役：『新安这个小小的县城，历经连年战乱，还有壮丁可以应征吗？』吏役回答说：『昨夜州府已经下达文书，征调十八岁的中男入伍。』我说：『这些人既矮又小，怎么能让他们去守卫东都洛阳呢？』健壮的青年大概家境

还不错，他们都有母亲前来送行。瘦弱的青年大多出身贫户，他们都是孤零零的一个人，无人前来送行。时间已到黄昏，河水向东流去，青山下还传来送行者的哭声。我看到这般景象，就安慰那些哭泣的人说：『把你们的眼泪收起来吧，不要哭坏了眼睛，白白损伤了身体。天地终是无情啊！官军进攻相州，本来一两天就能平定叛乱，谁知敌情难以预料，以致吃了败仗，士卒纷纷溃散了。他们的伙食就在旧营垒附近供应，训练也在东都近郊进行。要他们做的工作只是挖掘战壕，也不会深到见水。牧马也是很轻松的任务。况且朝廷的军队是堂堂的正义之师，主将非常关心爱护士卒。你们这些送行的家属就不要哭得如此伤心了，仆射对待士卒就像父兄一样。』

石壕吏

暮投石壕村①，有吏夜捉人。老翁逾墙走，老妇出门看。吏呼一何怒！妇啼一何苦！听妇前致词：『三男邺城戍②，一男附书至，二男新战死。存者且偷生，死者长已矣！室中更无人，惟有乳下孙。有孙母未去，出入无完裙。老妪力虽衰，请从吏夜归。急应河阳役③，犹得备晨炊。』夜久语声绝，如闻泣幽咽。天明登前途，独与老翁别。

注释　①石壕村：在今河南省陕县东七十里。②邺城：相州，今河南省安阳市。③河阳：今河南省孟县，当时唐王朝官兵与叛军在此对峙。

译文　日暮时投宿于石壕村，半夜有官吏来抓壮丁。老翁翻墙逃走，老妇出门应付。官吏喊叫得是那样凶狠，老妇啼哭得是那样悲伤。我听到老妇上前说：『我三个儿子都去参加邺城之战了。其中一个托人带信回来，说另外两个刚刚战死。活着的人苟且偷生，死了的人永远消逝。家里再也没什么人了，只有个还在吃奶的小孙子。就因为有这个小孙子，儿媳还没有离开，但走进走出连一件完好的衣裳都没有。我虽然年老体弱，请允许我今夜就跟您回去，服河阳之役，现在去还来得及做早饭。』过了一会儿说话的声音逐渐消失，但依然听得到有人低声抽泣。天明后我继续赶路，只能与返回家中的老翁告别。

潼关吏

士卒何草草，筑城潼关道。大城铁不如，小城万丈余。借问潼关吏：『修关还备胡？』要我下马行，为我指山隅：『连云列战格，飞鸟不能逾。胡来但自守，岂复忧西都。丈人视要处，窄狭容单车。艰难奋长戟，万古用一夫。』『哀哉桃林战，百万化为鱼。请嘱防关将，慎勿学哥舒！』

译文　士卒们实在辛苦，在潼关道上辛勤修筑工事。大小城墙坚固得比铁板还硬，都有万丈高。请问潼关吏：你们修筑城池是为了防备安禄山、史思明的叛军吗？官吏请我下马参观他们的城池，指着一座座山

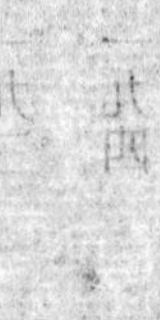

介绍道：『潼关地势极高，堪与天上的白云相连，也非常险要，连鸟都飞不过去。倘若叛军入侵，我们只要在此死守，就不必担心长安的安全。你看潼关最险要之地，只能容纳一人一车通过，长戟根本无法舞动，我们一个人就可挡住千军万马。』我说：『哎呀！还请务必谨慎，桃林塞（潼关古称）那一役，哥舒翰曾经在此掉进敌人的陷阱，使得百万大军遭水淹。一定要叮嘱守关兵将，谨记哥舒翰的教训，千万别重蹈覆辙。』

新婚别

兔丝附蓬麻①，引蔓故不长。嫁女与征夫，不如弃路旁。结发为君妻，席不暖君床。暮婚晨告别，无乃太匆忙②。君行虽不远，守边赴河阳③。妾身未分明④，何以拜姑嫜⑤？父母养我时，日夜令我藏⑥。生女有所归⑦，鸡狗亦得将⑧。君今往死地，沉痛迫中肠⑨。誓欲随君去，形势反苍黄⑩。勿为新婚念，努力事戎行⑪！妇人在军中，兵气恐不扬。自嗟贫家女，久致罗襦裳⑫。罗襦不复施⑬，对君洗红妆⑭。仰视百鸟飞，大小必双翔⑮。人事多错迕⑯，与君永相望⑰。

注释

①兔丝：即菟丝子，一种蔓生的草，依附在其他植物枝干上生长。比喻女子嫁给征夫，相处难久。②无乃：岂不是。③河阳：今河南孟县，当时唐军与叛军在此对峙。④身：身份，指在新家中的名分地位。⑤姑嫜：婆婆、公公。唐代习俗，嫁后三日，始上坟告庙，才算成婚。仅宿一夜，婚礼尚未完成，故身份不明。

⑥藏：躲藏，不随便见外人。⑦归：古代女子出嫁称『归』。⑧将：相随，这两句即俗语所说的『嫁鸡随鸡，嫁狗随狗』。⑨迫：煎熬、压抑。中肠：内心。⑩苍黄：仓皇。意思是多所不便，更麻烦。⑪事戎行：从军打仗。⑫久致：许久才制成。襦：短袄。裳：下衣。⑬不复施：不再穿。⑭洗红妆：洗去脂粉，不再打扮。⑮双翔：成双成对地一起飞翔。此句写出了女子的寂寞和对那些能够成双成对的鸟儿的羡慕。⑯错迕：差错，不如意。⑰永相望：永远盼望重聚。表示对丈夫的爱情始终不渝。

译文

菟丝子缠附在矮小的蓬麻上，所以牵引的藤蔓不会长。把女儿嫁给从军出征的人，还不如把她扔在道路旁。结发后做了你的妻子，连你的床席都还没有来得及坐暖和。昨晚成婚，今晨你就告别，不是太匆忙了吗？你此行虽说不算遥远，却是奔赴河阳守卫边防。我的名分尚未明确定下来，叫人如何去拜见公婆呢？父母抚养我的时候，日夜都叫我深居闺阁之中。女儿一旦出嫁了，就是『嫁鸡随鸡，嫁狗随狗』。你如今前往九死一生的战场，沉痛压迫着心肠。真想下定决心随同你前去，只怕形势反而会紧张不安。不要以新婚为念，努力去参军报效国家吧。有妇人在军中，恐怕会影响到士气。嗟叹自己是贫家女儿，历时很久才筹办好嫁衣。新嫁衣今后不再穿了，当着你的面洗去脂粉红妆。仰头看见天上群鸟飞翔，大大小小都是成对成双。人间事多有不顺利，但愿我们永远同心永远在一起。

垂老别

四郊未宁静，垂老不得安。子孙阵亡尽，焉用身独完！投杖出门去①，同行为辛酸。幸有牙齿存，所悲骨髓干。男儿既介胄②，长揖别上官③。老妻卧路啼，岁暮衣裳单。孰知是死别，且复伤其寒。此去必不归，还闻劝加餐。土门壁甚坚，杏园度亦难④。势异邺城下，纵死时犹宽。人生有离合，岂择衰盛端⑤！忆昔少壮日，迟回竟长叹⑥。万国尽征戍，烽火被冈峦。积尸草木腥，流血川原丹。何乡为乐土？安敢尚盘桓⑦！弃绝蓬室居⑧，塌然摧肺肝。

注释

①投杖：扔掉拐杖。②介胄：即甲胄。铠甲和头盔。③长揖：不分尊卑的相见礼，拱手高举，自上而下。④土门、杏园：均为当时唐军防守的重要据点。⑤『岂择』句：哪管什么老年人还是青年人的心愿？端：端绪、思绪。⑥迟回：徘徊。⑦盘桓：留恋不忍离去。⑧蓬室：茅舍。

译文

四郊的战乱尚未弭平，临近老年了还得不到安定。子孙们尽都死在战场，我又何须独自保全老命呢？扔掉拐杖出门参军去，同行的人都为此感到辛酸。幸亏还有牙齿存在，所悲的是骨瘦如柴枯槁不堪。男儿既有铠甲披挂在身，只好长揖行礼辞别长官。老妻卧在路上放声啼哭，严寒中所穿的衣裳单薄。怎知这次与她是死别，仍为她的寒冷而感到伤心。这次去必然不能归回，还听得她劝我要多加餐饭。土门关壁垒甚是坚固，杏园水急敌人偷渡也难。形势不同于当年邺城之围，纵然战死时间也宽泛。人生总有分离聚合，哪会选择你是盛年还是衰年！忆起往昔少壮时的太平，不禁徘徊踟蹰吁声长叹。天下各地都尽在征战，战争的烽火已经燃遍冈峦。尸骨堆积污腥了草木，流淌的鲜血染红了山川平原。哪个地方是乐土呢？怎么敢再犹豫徘徊呢？决然抛弃所居的几间茅草屋奔赴前线，天下大乱真是摧人肺肠啊。

无家别

寂寞天宝后，园庐但蒿藜。我里百余家，世乱各东西。存者无消息，死者为尘泥。贱子因阵败，归来寻旧蹊。久行见空巷，日瘦气惨凄。但对狐与狸，竖毛怒我啼。四邻何所有？一二老寡妻。宿鸟恋本枝，安辞且穷栖。方春独荷锄，日暮还灌畦。县吏知我至，召令习鼓鞞。虽从本州役，内顾无所携。近行止一身，远去终转迷。家乡既荡尽，远近理亦齐。永痛长病母，五年委沟溪。生我不得力，终身两酸嘶，人生无家别，何以为蒸黎！

译文

天宝之后一片萧条寂寞，田园庐舍只剩下蒿草蒺藜。我的乡里一百多户人家，因世道乱离已各奔东西了。活着的人没有消息往来，死了的已经化为尘泥。我因为邺城败阵的混乱，回来寻找家乡的旧路。转了很久却只见到空巷，太阳暗淡失色一片凄惨。面对着一只只狐狸，它们竖起毛来向我怒号。街坊四邻哪

里还有呢？只剩下一两个寡妇老妻。归宿的鸟儿眷念旧枝，我也是穷窝难舍故土难离。正当春季我独自荷锄下地，太阳落山了还在灌溉田畦。县令知道我回来了，征召命令我去军营中练习敲鼓鞭。尽管是在本州服役，看看家里没有什么东西可携带。到近处去只有我空身一人，到远处去终究会转晕迷失。家乡既然已经洗荡一空了，远行近行对我来说都是一样。永远心痛长年生病的母亲，在我五年从军期间凄然死去。她生养了我却得不到我的服侍，母子二人终身辛酸不堪。人活在世上却无家可别，这老百姓可怎么当呢？

蜀相①

丞相祠堂何处寻，锦官城外柏森森②。映阶碧草自春色，隔叶黄鹂空好音③。

三顾频烦天下计，两朝开济老臣心④。出师未捷身先死⑤，长使英雄泪满襟。

注释　①蜀相：蜀汉丞相诸葛亮。这诗是上元元年（760）春，杜甫初至蜀中游诸葛武侯庙作。祝穆《方舆胜览》：『成都府，武侯庙在府城西北二里。武侯初亡，百姓遇节朔，各私祭于道中。李雄称王，始为庙于少城内。』②锦官城：《元和郡县志》卷三十二：『锦城在（成都）县南十里，故锦官城也。』柏森森：武侯祠前有老柏一株，相传为诸葛亮所手植。森森，长密貌。参前杜甫《古柏行》。③黄鹂：即黄莺。④『三顾』二句：诸葛亮隐居南阳，刘备曾三顾茅庐。他替刘备筹划三分大计，创立了蜀汉的基业。刘备死后，诸葛亮当国，

撑持危局，前后二十多年。频烦，一再烦劳。两朝，指蜀汉先主刘备和后主刘禅两代。开济，开创基业，匡济艰危。⑤『出师』句：蜀汉建兴十二年，诸葛亮伐魏，据五丈原（在今陕西郿县西南），与魏军隔渭水相持，胜负未决。这年八月，病死军中。

译文　何处去寻找啊，诸葛丞相的祠堂？原来就在那，成都城外茂密柏树下。祠院中的碧草，草色映阶砌；叶底下的黄鹂，婉转鸣不停：难道它们啊，竟不知人间沧桑和悲辛。想当时，三顾茅庐，先主将天下大计，向您频请教；您开辟基业，匡济艰危，辅助刘氏父子，老臣见忠心。您出师未捷，奈何身先死，长使那代代英雄，泪下满衣襟。

客至①

舍南舍北皆春水，但见群鸥日日来②。花径不曾缘客扫③，蓬门今始为君开④。

盘飧市远无兼味⑤，樽酒家贫只旧醅⑥。肯与邻翁相对饮⑦？隔篱呼取尽余杯。

注释　①肃宗上元元年间，杜甫在成都草堂时作。本集题下自注『喜崔明府相过』，明府即县令。②但：只。③缘：因。④蓬门：犹言柴门，贫者屋门。君：指崔明府。⑤盘飧（sūn）：飧，熟菜。此泛指菜肴。兼味：数种菜肴。⑥旧醅（pēi）：陈酒。按唐时以新酒为贵。如白居易《问刘十九》：『绿蚁新醅酒，红泥小火炉。』

晚来天欲雪，能饮一杯无。』⑦肯：商请之辞，意同可否。

译文 屋前屋后，一曲春水环绕；只见那一群群白鸥，天天自由飞来。花间的小径，从不曾为来客清扫；今日里，蓬编的门户，才为您大开。盘中的村肴滋味单调，是因为市集离太远；杯中的村酒也换不了新酿，请原谅我家境贫寒。如果你肯赏脸，与邻家的村老相对，我就隔着篱笆呼喊，请他一起来把余酒一杯杯地干。

奉济驿重送严公四韵

远送从此别，青山空复情①。几时杯重把，昨夜月同行。
列郡讴歌惜②，三朝出入荣③。江村独归处，寂寞养残生。

注释 ①空复情：徒然有情。②列郡：指剑南诸郡。讴歌：歌颂。惜：惜别。③三朝：指玄宗、肃宗、代宗二朝。出入荣：指严武连居显位。

译文 送严公到奉济，将在此告别，只留下青山，别情依依。何时才能重新把盏，昨夜我们还在月下畅谈。各郡都赞颂你，惋惜你的离任，连续三朝身居高位，实在不易。我独自回到浣花溪草堂，孤单寂寞，将伴我余生！

野　望①

西山白雪三城戍②，南浦清江万里桥③。海内风尘诸弟隔④，天涯涕泪一身遥⑤。
惟将迟暮供多病⑥，未有涓埃答圣朝⑦。跨马出郊时极目⑧，不堪人事日萧条⑨。

注释 ①肃宗上元二年（761）杜甫寓居成都时作。②西山：即成都西之雪岭。三城戍：松（今四川松潘）、维（今四川理县西）、保（今理县新保关西北）三城，时为吐蕃所扰，因置戍所于州界。③『南浦』句：杜甫《狂夫》诗：『万里桥西一草堂』，知草堂在万里桥西。万里桥在成都县南北里，蜀汉费祎访吴，于此桥别诸葛亮云：『万里之行，始于此桥。』因得名。可知清江指锦江，南浦指城南水边地。④『海内』句：时杜甫幼弟杜占随之入蜀，其他三弟颖、观、丰均天各一方，并因战乱消息阻隔。风尘，此指战乱。《汉书·终军传》『边境时有风尘之警』。⑤一身：杜甫自指。⑥迟暮：晚年，时杜甫五十岁。《离骚》『恐岁月之迟暮』。多病：时杜甫已患肺疾。⑦涓埃：犹言点滴。细流称涓，微尘叫埃。⑧极目：极尽目力远望。⑨人事：兼国难家难而言。

译文 远望西山的白雪，将边防三城拥簇；城南清清的锦江上，可见东行启始的万里桥。战争的风尘遍海内，骨肉兄弟天各一方；我流落川中，独自洒泪遥望。唯能让迟暮的年岁，任多种病魔消耗；却没有些微的功勋，能够报效圣朝。我骑马出郊，时时极目远望；不忍见啊，世间的百事，一天天更加萧条。

闻官军收河南河北①

剑外忽传收蓟北②，初闻涕泪满衣裳。却看妻子愁何在③，漫卷诗书喜欲狂④。
白日放歌须纵酒，青春作伴好还乡⑤。即从巴峡穿巫峡，便下襄阳向洛阳⑥。

注释

①代宗广德元年（763）春杜甫在梓州（今四川省三台）作。宝应元年（762）十月，唐各路大军由陕州总反攻，再度收复洛阳，平定河南诸郡县。十一月，进军河北，叛将薛嵩、李抱玉、李宝臣、田承嗣、李怀仙等纳地归降。次年正月，史朝义（史思明子）兵败自杀。延续七年零三个月的安史之乱至此结束。②剑外：指剑阁以南，蜀地的代称。蓟北：今河北省北部，叛军根据地范阳一带。③「却看」句：谓家人愁容顿消。④「漫卷」句：漫卷，胡乱地卷起，谓自己因欢乐而失去常态。「喜欲狂」与上句「愁何在」，当互看。⑤青春：春天。参「语译」。⑥「即从」二句：预计还乡的路线。上句出蜀入楚，由西向东；下句由楚向洛，自南而北。自注：「余田园在东京。」巴峡，巴县（今四川省重庆）一带江峡的总称。《华阳国志》：「其郡东枳有明月峡、广屿（《舆地纪胜》引作「广德」）峡、东突峡（据《渊鉴类函》引庾仲雍《荆州记》补），故巴亦有三峡。」又《水经注》载：自巴至枳（今四川省涪陵县）有黄葛、明月、鸡鸣三峡。这一带江峡极多，皆得称为巴峡。巫峡，指巴峡以东的瞿塘、西陵、巫三峡。《水经注·江水》：「巴东三峡巫峡长。」巫峡最大，故举一概三。

这二句用四地名，与李白《峨眉山月歌》四句用六地名异曲同工。

译文

剑阁之南忽传来河北光复的捷报，初闻消息啊，不由我热泪沾湿了衣裳。回看老妻和儿女，昔日的愁容今何在？从来珍惜的诗书啊，我草草卷起，兴奋如癫狂。阳光明媚，须得放声歌唱开怀地饮；时当春令，一路青翠正可伴我作远航。我就要穿过了巴峡下巫峡，顺着江流啊取道襄阳，归返故居向洛阳。

别房太尉墓

他乡复行役①，驻马别孤坟。近泪无干土②，低空有断云。
对棋陪谢傅③，把剑觅徐君④。唯见林花落，莺啼送客闻。

注释

①复行役：指再次因公事奔走于他乡。②「近泪」句：意谓眼泪把脚下的泥土都打湿了。③对棋：对弈。谢傅：指东晋谢安，官至太傅，他喜欢下围棋。此处喻房琯。④「把剑」句：春秋时吴国季札出使晋国时路过徐国，他知道徐君喜欢自己的宝剑，本打算返回时相赠，但回来时徐君已去世，于是他解下宝剑挂在徐君墓前的树上而离去。

译文

我一再奔走于异地他乡，此间停留阆州，悼别太尉孤坟。我心悲痛，泪水沾湿泥土，恍惚中，觉得低空飘飞断云。当年与你对弈，将你比为谢安，而今却像季札挂剑辞别徐君。你已不在，只见林花飘落，

我要走了，听见黄莺送客情深。

韦讽录事宅观曹将军画马图①

国初已来画鞍马②，神妙独数江都王③。将军得名三十载④，人间又见真乘黄⑤。曾貌先帝照夜白⑥，龙池十日飞霹雳⑦。内府殷红马脑盘，婕妤传诏才人索⑧。盘赐将军拜舞归⑨，轻纨细绮相追飞⑩。贵戚权门得笔迹，始觉屏障生光辉⑪。昔日太宗拳毛騧⑫，近时郭家狮子花⑬。今之新图有二马，复令识者久叹嗟⑭。此皆战骑一敌万⑮，缟素漠漠开风沙⑯。其余七匹亦殊绝⑰，迥若寒空动烟雪⑱。霜蹄蹴踏长楸间⑲，马官厮养森成列⑳。可怜九马争神骏㉑，顾视清高气深稳㉒。借问苦心爱者谁㉓，后有韦讽前支遁㉔。忆昔巡幸新丰宫㉕，翠华拂天来向东㉖。腾骧磊落三万匹㉗，皆与此图筋骨同㉘。自从献宝朝河宗㉙，无复射蛟江水中㉚。君不见金粟堆前松柏里㉛，龙媒去尽鸟呼风㉜。

注释

①广德二年（764）杜甫由东川归成都后所作。韦讽，阆州（治今四川阆州）录事参军，家居成都。杜甫另有《送韦讽录事上阆州录事参军》诗，称他年当青壮，有识见，正直不阿。曹将军，曹霸，曹操后裔，为高贵乡公曹髦一系。善画马。开元中已成名，天宝末年，常奉诏画御马及功臣，官至左武卫将军（《历代名画记》卷九有传）。安史乱后流落蜀中。②国初：此指唐初。已：通“以”。鞍马：图画术语，指马类的

图画。③神妙：是书画的最高品级。如《唐朝名画录》，于能品之上更置神、妙二品。神妙，出神入化。《孟子·公孙丑》：“充实之谓美，美而有光辉之谓大，大而能化之谓神。”又《易·系辞上》：“阴阳不测之谓神。”神的概念又与道家的“妙”相似。《老子》首章：“玄之又玄，众妙之门。”独数：独推。数，论列之意。江都王：李绪，唐太宗之侄，也善画鞍马，见《历代名画记》。“江都王”是他的封号。江都，在今江苏扬州。④三十载：是约数，由广德二年上推三十年左右正当开元中期。相信《历代名画记》的记载本于此句。⑤乘黄：神马。《管子·小匡》篇：“河出图，洛出书，地出乘黄。”⑥貌：写真。先帝：指玄宗，上一代已故帝王称先帝。照夜白：玄宗坐骑。《历代名画记》卷九载：“玄宗好大马……西域大宛岁有来献……遂命悉图其骏，则有玉花骢、照夜白等。”⑦龙池：唐宫南内兴庆宫为玄宗未登基时发祥之地，故有祥瑞之说，谓宅东有井，忽一日涌为小池，常有云气，黄龙出没其中。中宗时池沼渐广，因名为龙池。龙池在此双关，既应先帝发祥，又称画马似真龙。《周礼》：“凡马八尺以上为龙。”按《尔雅》称马八尺曰駥。与龙音同。马八尺，神骏异常；加以周天子服车用马，如初春“乘苍龙”（《礼记·月令》），即乘青马，故以龙代駥。汉代纬书《尚书中侯》注说龙形象马，是后起附会说法。飞霹雳：龙飞伴有疾雷声。⑧“内府”二句：言先帝命以皇家府库藏宝物赐曹将军，宫人级级传旨取来。殷红，深红。马脑，即玛瑙，宝玉名，因颜色红而斑斓似马脑，故名。婕妤、

才人，皆宫中女官。历代于皇后之外宫人设官品，变化纷繁。玄宗开元时无婕妤一称，才人七人为正四品。婕妤为前此女官号，如初唐，婕妤九人，正三品，才人九人则为正五品。这里皆泛指宫人。宫人站位品高在内，渐外渐低，故称「婕妤传诏」而「才人索」。⑨拜舞：臣子对天子朝见、告退、谢赐时的一种敬仪。既拜且舞，舞非跳舞，仅依定式手舞足蹈而已。⑩「轻纨」句：言赐盘之外，又赐以绸缎等。因金帛为常赐之物，玛瑙盘为特赐之品，通常特赐总伴有常赐。纨是精致白绢，故称轻；绮是素地起文织花的绫缎类丝织品，又名细绫，故称细。追飞，「追」为随之之意，「飞」状纨绮轻柔欲飞。⑪「贵戚」二句：言皇亲国戚，高官权要争以得将军画装饰屏风壁障为荣。⑫太宗：唐太宗李世民。拳毛騧（guā）：太宗前后有六匹名马伴之出生入死，后皆刻于其陵墓昭陵，称昭陵六骏。拳毛騧是其一。拳通蜷。白马黑嘴叫騧，见《尔雅·释兽》。⑬郭家：指名臣郭子仪家，平定安史之乱，郭子仪与李光弼功勋最著，官至太尉、中书令，封汾阳郡王，号尚父。狮子花：名马，又名九花虬，唐代宗以赐郭子仪。《杜阳杂编》记，此马为范阳节度使李德山所贡，额高九寸，毛蜷曲如麒麟，颈鬃如鬣，身披九花纹。⑭叹嗟：感叹，一当感于旧事，二当叹画之逼真。⑮战骑：战马。一敌万：以一当万。敌，相匹。⑯缟素：素绢，用作画布。漠漠开风沙：开风沙漠漠之倒文。开指画面展示出。⑰七匹：补出此图九马。殊绝：超群绝世。⑱迥：这里指迥拔，形容各马昂首挺拔，意态高远。动烟雪：雪

霰如烟翻动。⑲霜蹄：《庄子·马蹄》：「马，蹄可以践霜雪。」故称马蹄为霜蹄。蹴踏：此为踢踏奔跑之意。长楸：古时大道两旁常种楸树，长楸间指道路。⑳厮养：厮养卒，即马官属下的马夫。㉑可怜：可爱。神骏：骏奇有神。㉒顾视：前后观望。顾是回看。清高：天。天清而高远。气深稳：气概深沉稳重。㉓苦心爱者谁：谁是苦心爱马之人。㉔支遁：东晋高僧，字道林，俗姓关。常畜马数匹。有人说：和尚爱马不雅，支遁答：「贫道爱其神骏。」㉕「忆昔」句：指当年玄宗巡幸临潼骊山华清宫。临潼即汉新丰。史载玄宗常于十月、十一月前后驾幸骊山，至来春返长安。㉖翠华：翠鸟羽毛制的帝王仪仗。来向东：西来而向东。骊山在长安东。㉗「腾骧」句：指扈从往骊山名马众多。《资治通鉴》载，玄宗好马。开元十三年时厩马由唐初二十四万匹，增至四十三万匹。东封泰山，以牧马数万匹从，色别为群，望之如云锦。幸骊山马匹数也必不少。腾骧：跳跃奔驰。骧此处是奔驰之意。磊落：多而成群如山石累累。㉘「皆与」句：言真马同于画马，是与常理相反的说法，从而更突出画马之逼真。筋骨，相马历来重骨相，忌痴肥，杜甫论马尤重骨，如《房兵曹胡马》称「胡马大宛名，锋棱瘦骨成」。㉙「自从」句：婉言玄宗驾崩。肃宗上元二年（761）四月，楚州刺史崔侁向玄宗献宝，次日，玄宗驾崩，事与周穆王相近，《穆天子传》卷一记，穆天子西巡，河宗伯夭在燕然山迎接他，又一起参观图书宝器，后穆天子由此归天。诗用此典。㉚「无复」句：言玄宗死后，本朝无复当年盛事英风。

《汉书・武帝纪》载，元封五年，汉武帝从浔阳浮江，亲自射获蛟龙。㉛金粟堆：玄宗葬于金粟山（又名金粟堆），号泰陵。在今陕西蒲城县东北，有碎石如金粟。松柏里：古人墓道，例种松柏。㉜龙媒：指名马。《汉书・郊祀志》载乐府《天马歌》：「天马来，龙之媒」，意谓天马来是致龙之象。后以龙媒代称马。乌呼风：言泰陵萧索景象。

译文

大唐帝国立国初，多人善能画鞍马；当时独推李绪江都王，毫端出神更入化。曹霸将军后来而居上，三十年来名声扬；不意李绪死后今才见，纸上神驹似乘黄。先帝爱驹「照夜白」，曾命将军来写真。骏马图成势轩昂，恰似当年兴庆池中雷电飞动真龙翔。婕妤传诏书，才人频催索，取来内库宝藏玛瑙盘，斑斓晶莹似血红。先帝隆恩赐将军，将军谢恩得意归；绢绸轻柔锦缎细，相伴并赐共追飞。从此贵戚权要家，慕名纷纷来求画；一朝求得将军图，屏风壁障闪光华。当年太宗皇帝坐骑拳毛騧，近来郭太尉家狮子花。将军新画九马图，中有二匹即二马；识者见图叹更惊，形态酷肖神气加。此皆军中战骑一敌万，虎虎生气使那洁白画绢，咫尺万里，可感疆场无边起风沙。其余七马皆非凡，动态远势，就如寒空飘雪霰烟下。马蹄如霜白，腾踔楸道上；马官厮养卒，侍候列成行。可爱九马展神骏，精神雄奇不相让；昂首向天气轩昂，却又沉着稳健不轻躁。借问有谁爱马识得真神驹，前有晋僧支道林，后有我唐阆州录事名韦讽。想当年，玄宗先帝巡幸骊山宫，车驾仪仗，浩浩荡荡行向东。当时御马随驾三万匹，筋骨奇秀，奔腾跳跃，都与将军画马同。自从先帝仙逝去，盛事胜况不复终。君不见金粟堆前先帝墓，隐隐深藏松柏中，神马已随先帝去，唯闻林鸟鸣悲风。

丹青引赠曹将军霸①

将军魏武之子孙②，于今为庶为清门③。英雄割据虽已矣④，文采风流今尚存⑤。学书初学卫夫人⑥，但恨无过王右军⑦。丹青不知老将至⑧，富贵于我如浮云⑨。开元之中常引见⑩，承恩数上南熏殿⑪。凌烟功臣少颜色，将军下笔开生面⑫。良相头上进贤冠，猛将腰间大羽箭⑬。褒公鄂公毛发动，英姿飒爽来酣战⑭。先帝天马玉花骢⑮，画工如山貌不同⑯。是日牵来赤墀下⑰，迥立阊阖生长风⑱。诏谓将军拂绢素⑲，意匠惨澹经营中⑳。斯须九重真龙出㉑，一洗万古凡马空㉒。玉花却在御榻上，榻上庭前屹相向㉓。至尊含笑催赐金㉔，圉人太仆皆惆怅㉕。弟子韩幹早入室㉖，亦能画马穷殊相㉗。幹惟画肉不画骨，忍使骅骝气凋丧㉘。将军善画盖有神，偶逢佳士亦写真㉙。即今漂泊干戈际，屡貌寻常行路人㉚。途穷反遭俗眼白㉛，世上未有如公贫。但看古来盛名下㉜，终日坎壈缠其身㉝。

注释

①丹青引：丹砂、靛青是古代画图主要颜料，因以代指图画。引，《文体明辨》：「述事本末，

先后有序，以抽其臆（意谓抒情）者曰引。』《杜少陵集》本诗题下即注『赠曹将军霸』。参上诗注①。②魏武：曹丕代汉建魏后，追谥曹操为武帝。参上诗注①。③于今：到今天。为庶：做了平民。曹霸于天宝末得罪，削职为民。为，是，动词，读平声，下一个『为』字同。清门：寒门。④割据：指曹操平定中原，成就三分天下局面。⑤文采风流：文采如风之流布。曹操及子丕、植并称『三曹』，是建安文学的代表。曹霸的直系始祖曹髦又是画家。《历代名画记》：『髦画称于后世。』⑥书：书法。卫夫人：晋河东安邑（今山西夏县）人，名铄，字茂漪，李矩妻，工书法，尤善隶书。书法理论著作《笔阵图》相传为她所作。王羲之曾师从之。唐人尤推重卫夫人，称『卫夫人书如插花舞女，低昂美容；又如美女登台，仙娥弄影，红莲映水，碧沼浮霞』（《佩文斋书画谱》引《唐人论书》）。⑦但恨：只是遗憾。王右军：即晋代书圣王羲之，会稽山阴（今浙江绍兴）人，官至右卫将军，会稽内史，故称王右军。有《论书》等理论著作，唐人极崇右军，张怀瓘《书断》称其：『尤善书，草、隶、八分、飞白、章、行，备精诸体，自成一家，千变万化，得之神功，自非造化发灵，岂能登峰造极。』唐太宗继承卫、王二家书论，珍重其手迹，因此卫王并论成为唐人风气。⑧老将至：《论语·述而》记孔子言：『发愤忘食，乐以忘忧，不知老之将至云尔。』⑨本句用《论语·述而》：『不义而富且贵，于我如浮云。』⑩开元：唐玄宗年号（713—741），凡二十九年。引见：由内官引领应诏见皇帝。⑪承恩：奉承帝王恩德。南熏殿：在南内兴庆宫内。⑫『凌烟』二句：唐太宗贞观十七年（643），图貌二十四功臣于凌烟阁。开元中，玄宗命曹霸重画一次。少颜色，言旧画剥落。开生面，重新赋予人物生动面貌。今成语有别开生面。⑬『良相』二句：概写新画二十四功臣文武二类风采。进贤冠，文儒所用黑布冠，见《太平御览》卷六八五引《汉舆服志》。大羽箭，唐太宗特制插有四根羽毛的长竿大箭，见《酉阳杂俎》。⑭『褒公』二句：承上以点写面，见廿四功臣图栩栩如生。褒国公段志玄，画像列第十；鄂国公尉迟敬德，画像列第七。⑮先帝：指玄宗。天马：此指御马，一本即作『御』。玉花骢：西域所进名马名，参上诗注⑥。⑯如山：形容人众多。貌不同：画得与真马的形神不同。⑰赤墀：又称丹墀，宫中涂红的台阶。⑱迥立：挺立。阊阖：天门，此指宫门。生长风：给人虎虎风生之感。⑲谓：称、命。绢素：用作画布的白绢。⑳意匠：晋陆机《文赋》：『意司契而为匠。』指创作中心意为枢纽，就如大匠作器，先有图样在胸。惨澹经营：苦心深思地构思设计。㉑斯须：一会儿。九重真龙：形容画马似九重天的真龙下降。㉒『一洗』句：洗有淘汰之义。空，虽有若无。参语译。㉓『玉花』二句：谓榻上张挂的画马，似与庭前真马相向屹立，难分真假。㉔至尊：皇帝。㉕『圉人』句：《周礼·夏官》：『圉人掌养马刍牧之事。』《汉书·百官公卿表》：『太仆，秦官，掌舆马。』唐设太仆寺，又称司驭寺，长官为正卿。圉音（yǔ）。㉖韩幹：《历代名画记》：『韩幹，大梁（今河南开封）人，王右

丞维见其画，遂推奖之。官至太府寺丞。善写貌人物，尤工鞍马。初师曹霸，后自独擅。』入室：指弟子深得师父真传者。孔子评其学生仲由说：『由也，升堂也，未入室也。』（《论语·先进》）㉗穷殊相：穷尽各种形态。㉘『幹惟』二句：据《历代名画记》，韩幹喜画形体肥大的大宛马。今存韩幹《牧马图》可见一斑。杜甫论马重骨相，参上诗注㉘。㉙偶：原作必，据《杜少陵诗集》改。写真：画人像。梁萧纲《咏美人看画》：『谁能辨写真。』㉚『即今』句：言将军今沦落飘荡，降格以求。㉛途穷：指人生境遇窘迫。俗眼白：遭世人轻视。按《晋书·阮籍传》记阮籍往往驾车而出，途穷号泣而返；又记其善作青白眼，见佳士以青眼（即以眼珠正视）向之；见俗士以白眼（翻转眼白）向之。㉜但看：只要看。㉝坎壈：遭遇不顺，因穷失意。《楚辞·九辩》：『坎壈兮贫士失职而志不平。』

译文

将军本是魏武帝裔孙，如今沦为平民属寒门。可叹英雄割据，天下三分业已作陈迹；所幸文彩风流，三曹余韵流传至今存。将军书法，起步先学卫夫人；只是憾恨，精妙未及王右军。他精诚画艺，乐而忘食，浑不知冉冉老将至；他酷学孔圣，鄙夷富贵，直视作飘飘同浮云。开元盛世，玄宗先帝常召见；南熏殿上，数度进谒沐皇恩。廿四功臣，太宗曾命图貌凌烟阁；天长日久，黯淡剥落一一俱失真。将军奉诏啊重画像，别开生面啊如有神。君不见，良相头上进贤冠；君不见，猛将腰间大羽箭。物无巨细啊，笔下一一光彩生。褒国公啊鄂国公，画毕须发疑飞动；英姿飒爽似当年，呼之欲下战兴浓。先帝坐骑西域玉花骢，画工众多始终描不同。此日牵至殿前丹阶下，昂首挺胸顿觉宫门起长风。先帝诏命再画马，将军拂绢意从容。大匠运斤啊意为主，苦心经营成竹已在胸。落笔图成瞬息间，恰似九天降真龙。古今凡马尽失色，为此龙马一洗空。张图悬挂，直疑玉花骢儿飞登御榻上；榻上庭前，画马真马相向屹立意气雄。先帝含笑连连催促赐金帛，大小马官惊诧无措俱懵懂。将军入室弟子韩幹早成名，也擅画马一一不同俱称工。可叹韩干唯能画肉不画骨，任是骅骝画成意气凋丧不忍睹。将军善画莫非有神助，偶逢才士兴来也写真。如今战火不绝漂泊江海间，只得绘像为生常画陌路人。穷途末路，反遭世俗小人白眼来相向；世间贫士，未有如君落魄一洗贫。君不见，古往今来多少盛名者，却为何，长年累月坎坷缠其身。

寄韩谏议注①

今我不乐思岳阳②，身欲奋飞病在床③。美人娟娟隔秋水④，濯足洞庭望八荒⑤。鸿飞冥冥日月白⑥，青枫叶赤天雨霜⑦。玉京群帝集北斗⑧，或骑麒麟翳凤凰⑨。芙蓉旌旗烟雾落，影动倒景摇潇湘⑩。星宫之君醉琼浆，羽人稀少不在旁⑪。似闻昨者赤松子，恐是汉代韩张良⑫。昔随刘氏定长安，帷幄未改神惨伤⑬。国家成败吾岂敢，色难腥腐餐枫香⑭。周南留滞古所惜⑮，南极老人应寿昌⑯。美

人胡为隔秋水⑰，焉得置之贡玉堂⑱？

【注释】①唐代宗大历元年（766）秋，杜甫出蜀居留夔州时所作。韩谏议注：韩注，生平不详，由本诗看当为楚人。谏议是其曾任官职，唐门下省属官有谏议大夫，正五品上，掌侍从赞相，规谏讽谕。②岳阳：今湖南岳阳，当是韩注所在地。③奋飞：插翅飞去。④美人：指所思慕之人，男女都可用，用于男性则指其才德美。《离骚》「惟草木之零落兮，恐美人之迟暮」，即指楚怀王。娟娟：秀美状。⑤濯足洞庭：《楚辞·渔父》引古歌：「沧浪之水清兮，可以濯我缨；沧浪之水浊兮，可以濯吾足。」沧浪水近在楚都。当与洞庭同一水系。洞庭，湖名，在今湖南、湖北交界处。八荒：四方四隅称八荒。⑥这句说韩注去后日月荏苒。鸿飞，雁飞，古诗中常用作人去之喻。冥冥，杳远貌。⑦这句连上句说又到了秋天。雁南飞、枫赤、天下霜都是秋天景象。雨作动词用。⑧玉京：玉京山，道家仙山，元始天尊居处。群帝：此指群仙。北斗：北斗是人君之象，号令之主（《晋书·天文志》）。⑨「或骑」句：《集仙录》记：群仙毕集，位高者乘鸾，次乘麒麟，次乘龙。翳，语助词。⑩「芙蓉」二句：言群仙旌旗动处烟雾顿时落下，故仙影倒落潇湘。旧注解为「旌旗如落于烟雾之中」，恐非，因烟雾不开，仙影无从下映。芙蓉旌旗，绣莲花的旌旗。也可视作二物：莲花、旌旗。倒景，司马相如《大人赋》「贯列缺之倒影」。旧注引《凌阳子明经》说：列缺气离地二千四百里，倒景气离地四千里，其景皆倒在下。因都在日月之上，反从下照，故景皆倒。摇潇湘，指倒影在潇湘水中荡

漾。潇、湘是二水，于湖南零陵汇合。⑪「星宫」二句：星宫之君，承「集北斗」，当指北斗星君，借指皇帝。羽人，飞仙，借指远贬之人。两句谓君上昏醉，贤人远去。说见『赏析』。⑫「似闻」二句：张良字子房，韩国旧贵族，后为刘邦谋臣，刘邦得天下，张良说：「愿去人间事，从赤松子游耳。」见《汉书·张良传》。后道教附会张良真随赤松子仙去。赤松子是神农时雨师。此以韩张良切韩谏议。⑬「昔随」二句：《汉书·高祖纪》载刘邦言：「运筹帷幄之中，决胜千里之外，吾不如子房功。」此借用言韩注有功于朝廷，旧迹未改，而人事已非，不由黯然神伤。定长安，建都长安。帷幄，军幕。⑭「国家」二句：言韩谏议隐居楚中，非敢对国家不满，而只是素性高洁，看不惯腐浊之辈。前句化用诸葛亮《出师表》：「至于成败利钝，非臣之明所能逆睹也。」吾，是以韩的口气说话。后句化用《庄子·秋水》寓言，说鹓雏（鸾凤之属）非梧桐不止，非练实不食，非醴泉不饮。有鸱鸮（猫头鹰）得一腐鼠，见鹓雏飞过，怕来夺食，就「吓」声以驱赶鹓雏。不知鹓雏根本无意于此。鸱鸮喻宵小之徒，鹓雏言避世贤者。鲍照《升天行》「何时与尔曹，逐腐共吞腥」，鲍诗是愤激反语，这里正说。色难，面有难色，不愿之意。枫香，《尔雅注》说枫似白杨有脂而香，称枫香。道家常以枫香和药，餐枫香喻持操隐居。⑮「周南」句：《史记·太史公自序》：「是岁天子始建汉家之封，

而太史公留滞周南，不得与从事。』此用其事，谓韩注有才不得施展，为世所共惜。⑯南极老人：《晋书·天文志》言，南极星，又名老人星，见则天下治平，主掌寿昌。故云云。⑯胡为：何为，为什么。⑰『焉得』句：望韩谏议重新起用。之，代词，指韩谏议。贡，献，这里是荐举之意。玉堂，汉未央宫有玉堂。这里指朝廷。

译文 今日里，我闷闷不乐，遥念着，你所在的岳阳。我真想插翅飞往，又怎奈，疾病缠身卧在床。你就像湘中的仙子亭亭玉立，遥隔着江湖秋水，脚濯着洞庭清波，遥望着四野八方。犹如那鸿雁飞入了远空，你一去不归，已经多少日月星光？楚地的青枫变红了，经历了又一度天降秋霜。九天上的玉京山中，群仙朝拜，会集在天尊所居的北斗宫，有的骑着麒麟，有的跨着凤凰。绣芙蓉的旌旗开处，烟雾落了；玉京山的倒影，在潇湘的清波中摇荡。饮多了玉液琼浆，北斗星君醉了，身披羽衣的仙子，为什么稀稀落落，不再侍奉在旁。好像听说当年仙人赤松子，带走了汉高祖的谋臣——那韩国宗室名张良。他当初追随高祖建都长安定天下，如今啊，运筹决胜的军帐虽仍旧，可功臣已去，怎不使人神色惨伤。韩谏议啊，你就像，你那位先辈张良，归隐楚中，并非对国家气运有所失望；你只是看不惯追腐逐腥的世风，才甘愿以枫树子儿当食粮。想那太史公司马迁，曾经留滞周南，怀才不遇，引起了古往今来，几多嗟伤；然而汉家的国运，依然似南极星明，百年盛昌。韩谏议啊，我唐中兴似汉家，你为何还是远隔秋水外，应当怎样啊，才能让你再展宏图在朝堂。

宿府

清秋幕府井梧寒①，独宿江城蜡炬残。永夜角声悲自语②，中天月色好谁看？
风尘荏苒音书绝③，关塞萧条行路难。已忍伶俜十年事④，强移栖息一枝安⑤。

注释 ①幕府：将军的府署。井梧：井边的梧桐树。②永夜：长夜。角声：军中号角声。③风尘荏苒：指于漂泊中度过时光。荏苒，指时间推移。④伶俜（pīng）：孤单。⑤一枝安：指求得暂时的安定。

译文 深秋，幕府井边的梧桐疏寒，独自寄宿江城，蜡烛快要燃尽了。号角响了一夜，像是人在悲伤地自言自语，月色虽好，谁有心情赏看？四处漂泊，光阴流逝音信已断，边塞萧条，行路十分艰难。已忍受战乱漂泊了十年，如今勉强栖息于此，暂且偷安。

绝句（二）

迟日江山丽①，春风花草香。泥融飞燕子②，沙暖睡鸳鸯③。

注释 ①迟日：春天的太阳。②泥融：泥土湿软。③鸳鸯：一种水鸟，常成对生活在水边。

译文 春天的太阳照耀得山水分外秀丽，春风吹拂，花草的馨香四处飘散。燕子正衔着湿软的泥土垒窝，鸳鸯安静地栖息在温暖的沙滩上。

绝句（二）

江碧鸟逾白①，山青花欲燃②。今春看又过③，何日是归年？

①逾：更加。②欲：将要。③看：眼看。

碧绿的江水更显鸟儿洁白的羽毛，满山青翠欲滴，朵朵鲜花红艳无比，就像要燃烧起来似的。今年的春天眼看又要过去了，哪一天是我回家的日子呢？

绝句（三）

两个黄鹂鸣翠柳，一行白鹭上青天。窗含西岭千秋雪①，门泊东吴万里船②。

①含：包含。西岭：成都西南的岷山。②东吴：指长江下游的江苏一带。

两只黄鹂在新绿的柳树枝头鸣叫，一行白鹭飞上蓝天。从窗口望去，岷山山顶上千年不化的积雪近在眼前，门外江上停泊着从万里以外的东吴驶来的船只。

绝句（四）

王杨卢骆当时体①，轻薄为文哂未休②。尔曹身与名俱灭③，不废江河万古流。

①王杨卢骆：王勃、杨炯、卢照邻、骆宾王。这四人擅长诗文，被称为『初唐四杰』。体：风格体裁。②哂：讥笑。③尔曹：指轻薄之辈。

译文 王勃、杨炯、卢照邻、骆宾王开创了一代诗文的风格和体裁，浅薄的评论者认为他们做法轻薄，对他们的讥笑声从未停止。那些曾经嘲笑过他们的人，就算他们的一切都化为灰烬，也不影响江河的万古奔流。

八阵图①

功盖三分国②，名成八阵图。江流石不转，遗恨失吞吴。

①八阵图：由八种阵势组成的图形，用来操练军队或作战。②三分国：指三国时魏、蜀、吴三国。

三国鼎立，诸葛亮的功绩最为卓越，他创造的八阵图，更是名扬千古。涨水时，八阵图的石块仍然不动，想吞并吴国这一错误的策略却成了千古遗恨。

旅夜书怀

细草微风岸，危樯独夜舟①。星垂平野阔②，月涌大江流。名岂文章著③，官应老病休。飘飘何所似④？天地一沙鸥。

①危樯：高高的桅杆。②星垂：星辰低垂的样子。平野：原野。③著：著名。④飘飘：随处漂泊，无依无靠。

译文　微风吹拂着岸边的细草，立着高高桅杆的小船在江边孤独地停泊着。星星低垂在空旷的原野上空，月影随着大江的波涛滚滚东流。我之所以有名气是因为文章写得好，如今年老多病也该离开官位了。这漂泊的人生像什么呢？就像是天地间一只孤零零的沙鸥。

古柏行

孔明庙前有老柏，柯如青铜根如石①。霜皮溜雨四十围②，黛色参天二千尺③。君臣已与时际会，树木犹为人爱惜。云来气接巫峡长，月出寒通雪山白。忆昨路绕锦亭东④，先主武侯同閟宫⑤。崔嵬枝干郊原古⑥，窈窕丹青户牖空⑦。落落盘踞虽得地，冥冥孤高多烈风。扶持自是神明力，正直原因造化功。大厦如倾要梁栋，万牛回首丘山重。不露文章世已惊⑧，未辞翦伐谁能送？苦心岂免容蝼蚁⑨，香叶终经宿鸾凤⑩。志士幽人莫怨嗟，古来材大难为用。

注释　①柯（kē）：树枝。②霜皮溜雨：指树皮白而润滑。③黛色：青黑色。④锦亭：杜甫在成都所建草堂的中庭名。⑤先主：指刘备。成都的武侯庙祔于先主庙，故云『同閟宫』。閟（bì）：幽深。⑥崔嵬：高大貌。⑦户牖（yǒu）：商户。⑧文章：指美丽的色彩。⑨苦心：柏心味苦。岂免：难免。⑩宿：栖宿。

译文　孔明庙前有一株古老的柏树，枝干色如青铜，根柢固如磐石。树皮洁白润滑，树干有四十围，青黑色朝天耸立，足有两千尺。刘备孔明君臣遇合与时俱往，至今树木犹在仍被人们爱惜。柏树高耸，云雾飘来气接巫峡；月出寒光，高照寒气直通岷山。想昔日小路环绕我的草堂东，先生庙与武侯祠在一个閟宫。柏树枝干崔嵬，郊原增生古致；庙宇深邃，漆绘连绵门窗宽空。古柏独立高耸虽然盘踞得地，但是位高孤傲必定多招烈风。它得到扶持自然是神明伟力，它正直伟岸是造物者之功。大厦如若倾倒要有梁栋支撑，古柏重如丘山万牛也难拉动。它不露花纹彩理使世人震惊，它不辞砍伐又有谁能够采送？它虽有苦心也难免蝼蚁侵蚀，树叶芳香曾经招来住宿鸾凤。天下志士幽人请你不要怨叹，自古以来大材一贯难得重用。

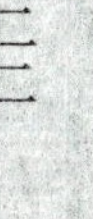

白帝

白帝城中云出门，白帝城下雨翻盆。高江急峡雷霆斗，古木苍藤日月昏。戎马不如归马逸，千家今有百家存。哀哀寡妇诛求尽，恸哭秋原何处村？

译文　团团乌云涌出白帝城门，白帝城下立刻暴雨倾盆。高涨的江水和陡峭的峡口似雷霆般相斗，古木苍藤遮蔽群山，天昏地暗。出征的马不如归田的马走得轻逸，战火后的城邑千家只有百家尚存。家中余下的寡妇被横征暴敛得一贫如洗，那哀哀的哭声来自秋原何处的荒村？

登高①

风急天高猿啸哀②，渚清沙白鸟飞回③。无边落木萧萧下，不尽长江滚滚来④。

万里悲秋常作客，百年多病独登台⑤。艰难苦恨繁霜鬓⑥，潦倒新停浊酒杯⑦。

注释

①杜集本诗前有《九日五首》，存四首，宋赵次公以为本诗即第五首，因九月九日有登高之俗，则或亦重阳日作，时杜甫流寓夔州，约当大历二年（767）。②天高：秋日天高。猿啸：峡中多猿。参前高适《送李少府贬峡中王少府贬长沙》诗注④。③渚：水中小洲。④长江：夔州在长江巫峡西。⑤百年：人生百年。多病：时杜甫患肺疾。⑥繁霜鬓：鬓边白发已多。⑦潦倒：衰颓失意。停：此为戒酒之意。

译文

秋风急，秋空高，猿啸声声哀；水洲清，岸沙白，水鸟飞徘徊。秋树望不断，落叶萧萧下；长江流不尽，滚滚从西来。身居万里外，悲秋是羁客；人生百年间，多病独登台。时世艰难，苦辛悲憾，白发日渐繁；失意人，贫且病，新近更无奈，只索啊，抛掉了一生常伴的浊酒杯。

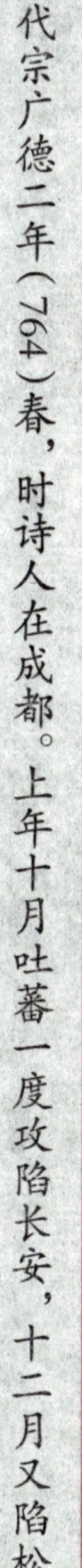

登楼①

花近高楼伤客心②，万方多难此登临。锦江春色来天地③，玉垒浮云变古今④。

北极朝廷终不改⑤，西山寇盗莫相侵⑥。可怜后主还祠庙⑦，日暮聊为梁甫吟⑧。

注释

①作于代宗广德二年（764）春，时诗人在成都。上年十月吐蕃一度攻陷长安，十二月又陷松、维、保三州。蜀中又刚经历徐知道之乱。②花：知为春时。客：杜甫自指。③锦江：又名濯锦江，传说于此江濯锦，色尤鲜丽，故名。在成都南，杜甫草堂近江边。④玉垒：山名，在今四川汶川北，灌县之西，为吐蕃入扰必经之地。⑤『北极』句：广德元年十月吐蕃陷长安后，立广武王李弘为帝，不久郭子仪收复长安，代宗复辟。本句写此事。北极，象征朝廷，因其众星拱卫而居于天之中枢地位。参《史记·天官书》及索隐。⑥西山寇盗：指吐蕃。西山此指成都西理、汶川一带岷山峰岭。⑦『可怜』句：后主即蜀汉后主刘禅。成都先主庙西为武侯庙，东为后主庙。此隐射代宗为宦官程元振蒙蔽，致使吐蕃入京，如同后主信用宦官黄皓而亡国。⑧聊：姑且。梁甫吟：古乐府。相传孔明隐居南阳时好为《梁甫吟》。梁甫是泰山旁的一座小山，人死葬此山。《梁甫吟》歌词悲凉慷慨。杜甫常以孔明为同调。

译文

春花近高楼，羁客惊心；四方战乱频，今日里，此登临。望锦江，春色伴潮涌，似从天间来；眺玉垒，浮云掩山，变幻似古今。朝廷如北极，居中枢，终不移；寇盗来西山，须归顺，莫相侵。可叹蜀国后主，庸碌辈，还留祠庙附先主；日将暮，心怅恨，且作当年孔明《梁甫吟》。

登高①

风急天高猿啸哀②，渚清沙白鸟飞回③。无边落木萧萧下，不尽长江滚滚来④。

万里悲秋常作客，百年多病独登台⑤。艰难苦恨繁霜鬓⑥，潦倒新停浊酒杯⑦。

注释

①杜集本诗前有《九日五首》，存四首，宋赵次公以为本诗即第五首。因九月九日有登高之俗，则重阳日作。时杜甫流寓夔州，为代宗大历二年（767）。②天高：秋日天高。猿啸：峡中多猿，鸣声哀[illegible]④。③渚：水中小洲。④无边：无际。落木：落叶。萧萧：落叶声。⑤百年：人生百年。多病：时杜甫患肺病。⑥繁霜鬓：鬓边白发已多。⑦潦倒：衰颓失意。停：此为戒酒之意。

译文

秋风急，秋空高，猿猴啼声哀；水洲清，岸沙白，水鸟低回旋。秋树落叶不断，落叶萧萧下；江流不尽，滚滚从西来。身居万里外，悲秋已常客；人生百年间，多病独登台。叹世艰难苦恨悲愁，白发日渐繁；失意人，贫且病，新近更无奈，只得撇下了平常喜欢的浊酒杯。

登楼①

花近高楼伤客心②，万方多难此登临。锦江春色来天地③，玉垒浮云变古今④。

北极朝廷终不改⑤，西山寇盗莫相侵⑥。可怜后主还祠庙⑦，日暮聊为梁甫吟⑧。

注释

①作于代宗广德二年（764）春，时诗人在成都。上年十月吐蕃一度攻陷长安，十二月又陷松维保三州。蜀中又闻[illegible]乱。②花：[illegible]为春时。客：杜甫自指。③锦江：又名濯锦江，在成都西南，杜甫草堂近旁。④玉垒：山名，在今四川灌县北，唐时为防吐蕃之要冲。⑤“北极”句：广德元年十月吐蕃陷长安，立广武王李承宏为帝，不久郭子仪收复京师，代宗还京。本句写此事。北极：北极星，因其久居天之中，[illegible]喻朝廷。⑥西山：此指成都西面，汶川一带雪山峡谷。⑦“可怜”句：后主，刘禅。成都有先主庙，西为后主庙。此隐射代宗信任宦官程元振，致使吐蕃入京，如同后主信用宦官黄皓而亡国。⑧梁甫吟：古乐府。相传诸葛亮隐居南阳时好为《梁甫吟》。梁甫，泰山下的一座小山。[illegible]杜甫常以孔明为同调。

译文

春花近高楼，游子客居伤心；四方战事频，今日里此登临。望锦江，春色伴涌，似从天地间来；望玉垒，浮云山头变古今。朝廷如北极，居中极，终不移；寇盗来西山，须归顺，莫相侵。可叹蜀后主，还留祠庙；日暮里，且吟诵孔明爱唱的《梁甫吟》。

阁夜

岁暮阴阳催短景①，天涯霜雪霁寒宵②。五更鼓角声悲壮③，三峡星河影动摇④。

野哭几家闻战伐⑤，夷歌数处起渔樵⑥。卧龙跃马终黄土⑦，人事音书漫寂寥⑧。

注释 ①阴阳：阴晴。短景：景同影。冬天日照短，故云。②天涯：指夔州，是相对于京城长安来说的。霁：雨雪后天气转晴。③五更：古代把一夜分成甲乙丙丁戊五个更次，五更是临近天亮时。鼓角：古代军中用以报时、发令的鼓和号角。④三峡：重庆奉节至湖北宜昌间长江两岸重崖叠嶂，其中最险处称三峡，古指西峡、巫峡、归峡，今指瞿塘峡、巫峡、西陵峡。夔州东临三峡。影动摇：语意双关，《汉书·五行志》载汉武帝元光元年，天星尽摇，不久战伐不已。⑤几家：多少人家，是反问语气。战伐：杜甫作本诗前一年(765)十月，成都尹郭英乂被兵马使崔旰攻杀。邛州、泸州、剑南三牙将柏茂琳、杨子琳、李昌夔起兵讨崔，蜀中大战连年。⑥夷歌：夷，西南少数民族统称为西南夷。夷歌，少数民族的歌。⑦卧龙：诸葛亮号。夔州西郊有武侯祠。跃马：指公孙述，字子阳。王莽新朝末年，汉宗室刘玄复汉，年号更始。公孙述也凭借蜀地险要，起兵割据，称白帝。夔州东南有白帝庙。⑧漫寂寥：任它寂寞无闻。

译文 严冬日短，白天在时停时起的风雪中，匆匆过去了；中宵时，天放晴，极目四望，银白的霜雪，覆盖了夔州四郊。悲壮的鼓角声，从戍军的营地擘空而起，原来天已五更；东望三峡，天水相连，银河星影也在寒江中战栗动摇。仿佛它们不忍听取，历尽战火的原野上，多少人家的恸悲号啕；唯有那疏疏落落的几处夷歌，方透露出，死一般的大地上，还有生命的延续、生活的操劳。城东的武侯祠和城西的白帝庙，供奉着曾雄踞蜀中的古人，谁又能逃脱这黄土一抔的命运，无论你是圣贤，还是不肖。想到这里，眼前动乱不定的人间世，又算得了什么？还是任随他们灰飞烟消。

咏怀古迹（一）①

支离东北风尘际，飘泊西南天地间②。三峡楼台淹日月③，五溪衣服共云山④。

羯胡事主终无赖⑤，词客哀时且未还⑥。庾信平生最萧瑟，暮年诗赋动江关⑦。

注释 ①本题五首为组诗，作于出蜀途中流寓夔州时，约当大历元年（766），题意为凭吊古迹以抒写怀抱。第一首咏梁诗人庾信。信字子山，为梁元帝使北周，被留仕周，常怀故国之思，有《哀江南赋》等以寄国仇家恨。按峡中并无庾信古迹，杜甫误以为庾信亦尝居此，故咏古迹及之，恐漂泊羁旅同子山之身世也。②风尘，指战争，前屡见。支离，原意为残缺，这里指分散流离。③三峡：此即指巫峡，夔州在峡中。楼台：指诗人误以为的庾信所居宋玉故宅。淹日月：意谓经历久远。④『五溪』句：《后汉书·南蛮传》：『武陵

五溪蛮，皆槃瓠之后……织绩皮衣，好五色衣服。』五溪即雄溪、樠溪、酉溪、沅溪、辰溪。地当湖广辰州界，在夔州南。山势相连，故云『共云山』，暗指夔州民俗已受五溪蛮影响。⑤『羯胡』句：指安、史伪作忠贞而起兵叛乱。又下句指梁时侯景叛乱。杨伦注：『禄山叛唐，犹侯景叛梁也。』羯胡：安禄山为杂种胡人，史思明为胡人，羯胡泛指之。侯景原为北朝尔朱荣部将，后归高欢，欢死附梁，封河南王，后举兵叛乱破建康。庾信奔江陵。⑥『词客』句：杨伦注：『公思故国，犹（庾）信之哀江南也。』⑦『庾信』二句：点出咏庾信。《哀江南赋》：『信年始二毛（三十余岁），即逢丧乱，狼狈流离，至于暮齿。』又云：『将军一去，大树飘零。壮士不还，寒风萧索。』

译文 从东北的战烟中流离失所，一直飘泊到西南天地间。三峡上的楼台经历了多少年岁，民人的风俗与五溪蛮族云山相连。异族为臣啊终究难依赖，诗人悲时啊至今尚未还。不见那庾信的生平最是萧索可悲，却磨炼得晚年的诗赋由北向南惊动江关。

咏怀古迹（二）

摇落深知宋玉悲①，风流儒雅亦吾师②。怅望千秋一洒泪，萧条异代不同时③。
江山故宅空文藻④，云雨荒台岂梦思⑤？最是楚宫俱泯灭⑥，舟人指点到今疑。

注释 ①摇落：指秋天。②风流儒雅：语出庾信《枯树赋》，这里指宋玉文采风流，内德充实，合乎儒家文与质彬彬相称的观念。③异代：指自己与宋玉时代不同。④故宅：秭归（今属四川）与江陵（今属河北）都有宋玉故宅。连七句看，当指秭归宅。在夔州附近。⑤云雨荒台：宋玉《高唐赋》写到楚王在此夜梦神女来会，说自己『旦为行云，暮为行雨，朝朝暮暮，阳台之下』。后以云雨为男女欢爱代称，也因而附会巫山有神女台，也称云雨台、阳台、阳雨台。⑥楚宫：指襄王在阳台的行宫。

译文 深秋里，望着草木摇落，我才深知当年宋玉的伤悲，他文采风流，温文儒雅，就好似我的先师。怅望千年的陈迹，我不禁热泪挥洒；我们一样身世萧条，所差只是不同时代。江山依旧，故宅尚存，唯有你惊世的才藻已消逝；朝行云，暮行雨，章台已荒，您写的难道仅是梦思。最可怜楚王行宫已泯灭难寻，船夫们为人指点，至今还是一个谜。

咏怀古迹（三）①

群山万壑赴荆门，生长明妃尚有村②。一去紫台连朔漠③，独留青冢向黄昏④。
画图省识春风面⑤？环珮空归月夜魂⑥。千载琵琶作胡语，分明怨恨曲中论⑦。

注释 ①本诗咏王昭君。王嫱，字昭君。秭归（今湖北秭归）人，晋人避司马昭讳，改称明君。后人

又称为明妃。汉元帝时入宫，和亲嫁匈奴呼韩邪单于。安史乱后，肃宗为借回纥兵，以幼女宁国公主嫁回纥王。或有感于此。②『群山』二句：昭君村在宜都县西北秭归东北四十里，处夔州与湖北荆门之间，一路峡壁相连。故云云。③去：离。紫台：犹言紫禁，指汉宫。朔漠：北方大沙漠。④青冢：明妃墓在今内蒙古呼和浩特市西南。塞外秋草白，明妃墓草长青，故称。⑤『画图』句：《西京杂记》载，汉元帝嫔妃众多，令画工图之，观图而召幸。宫人皆贿赂画工，独昭君不肯。画工丑图之，因此不得见君。匈奴求亲，元帝依图以昭君许之。临行见之，竟为后宫第一人。元帝深悔，但不可失信，仍遣之行。复追究此事，诛杀画工毛延寿。本句反问省识，可能识得。省，虚词。春风面，面如春风。⑥『环珮』句：言魂魄归来，虽一心思汉，亦已徒然。环珮，此指妇女所佩玉制饰物。⑦『千载』二句：据传，明妃出塞，戎装骑马，怀抱琵琶，作思归之曲。乐府琴曲歌辞有《昭君怨》。琵琶，弦乐器，出西域。指法前推称琵，后引称琶，故名。胡语，指琵琶声，以其出于胡地，音如胡语。论，读平声，讲说之意。

译文 江峡的群山万壑啊，似向荆门奔赶；这里是明妃的故乡，至今尚存昭君村。你辞别了汉宫，荒漠连连和亲去；你老死他乡，只留得，常青的墓冢，哀哀向黄昏。想当年，汉帝怎能依图识察美人春风面？空使你，环珮叮咚，归汉只是月夜一孤魂。想你啊，怀抱琵琶出塞去，千年来，琵琶声声似胡语；分明是，将你的怨恨，乐曲声中论。

咏怀古迹（四）①

蜀主窥吴幸三峡，崩年亦在永安宫②。翠华想像空山里③，玉殿虚无野寺中④。
古庙杉松巢水鹤⑤，岁时伏腊走村翁⑥。武侯祠屋常邻近⑦，一体君臣祭祀同。

注释 ①本诗咏蜀先主刘备庙。②『蜀主』二句：《三国志·蜀志》记，东吴袭杀关羽，取荆州，刘备忿而伐吴，军次峡中秭归。后兵败猇亭，由步道退军峡中鱼复，改鱼复为永安。章武三年四月崩于永安宫。窥吴，即企图伐吴。幸，天子行踪所止叫幸。永安宫在夔州西七里。③翠华：帝王仪仗中旗旌以翠鸟羽为饰叫翠华。想像：指陈迹已去，只可想而像之。④玉殿：原注：殿今为卧龙寺，庙在宫东。⑤巢：动词，作巢。⑥岁时伏腊：岁时犹言年节。伏为伏祭，在夏六月；腊为腊祭，在冬十二月。语出汉杨恽《报孙会宗书》。走村翁：指村翁来祭。走，快行。⑦『武侯』句：诸葛亮封武乡侯，称武侯。夔州先主庙居中，西为武侯祠，东为后主庙。

复仇伐吴，先主刘备率军宿三峡；兵败夷陵，他败归病逝即在峡中永安宫。空山迷蒙蒙，那翠羽的仪仗，已只能依稀想象；他神殿虚无，寂寞寥落，就在那山野荒寺中。古庙前，神树植杉松，只有水鹤

来巢居，年节里，伏腊日，方有村翁偶然来走动。更有那，武侯的祠庙相邻近，他们君臣一体啊，连千年的祭祀也相通。

咏怀古迹（五）①

诸葛大名垂宇宙②，宗臣遗像肃清高③。三分割据纡筹策④，万古云霄一羽毛⑤。

伯仲之间见伊吕⑥，指挥若定失萧曹⑦。运移汉祚终难复⑧，志决身歼军务劳⑨。

注释 ①本诗咏诸葛亮武侯祠。②宇宙：即世界。前屡见。③宗臣：为世所宗尚之重臣，《汉书·萧何曹参传》：『唯何、参擅功名，位冠群臣，声施后代，为一代之宗臣。』《三国志·蜀志·武侯传》张俨注：『一国之宗臣，霸王之贤佐。』肃：敬肃。④『三分』句：诸葛亮《隆中对》已料定汉末割据之势，经多年经营，终成魏、蜀、吴三分天下之局面。《出师表》：『今三分天下』，三分语本此。纡，屈。筹策，竹制算码。语出《老子》。《史记·高帝纪》『夫运筹帷幄之中，决胜千里之外，吾不如子房』。⑤『万古』句：《梁书·刘遵传》：『此亦威凤一羽，足以验其五德。』此用其语。杨伦注解本句云：『言武侯才品之高，如云霄鸾凤，世徒以三分功业相矜，不知屈处偏隅，其胸中蕴抱百未一展，万古而下，所及见者，特云霄之一羽毛耳。』⑥伯仲：原意兄弟，引申为不相上下。伊吕：商相伊尹，周相吕尚（姜子牙），均古代名相。

⑦指挥若定：《汉书·陈平传》：『诚能去两短，集两长，天下指挥即定矣。』指挥言轻易，一指一挥之间。失萧曹：使萧何、曹参失色。萧、曹均助刘邦定天下之宗臣。参注③。⑧祚：原意福泽，引申为帝位。⑨『志决』句：即《出师表》『鞠躬尽瘁，死而后已』之意。

译文 诸葛的大名啊，传遍万代，上下四方；重臣的遗像啊，骨清格高，使人仰望。你苦心筹划啊，促成了天下三分的大局，这仅是后人所见啊，云霄中威凤的一片翎毛。您自比伊尹吕尚，德才本已相上下；你一指一挥，安定天下，使萧何曹参失色比不上。莫奈何，天命移易啊汉运将尽难挽回；您志不可夺啊，劳心军务，死而后已最可伤！

观公孙大娘弟子舞剑器行并序

大历二年十月十九日，夔府别驾元持宅见临颍李十二娘舞剑器，壮其蔚跂。问其所师，曰：『余公孙大娘弟子也。』开元三载，余尚童稚，记于郾城观公孙氏舞剑器浑脱，浏漓顿挫，独出冠时。自高头宜春、梨园二伎坊内人洎外供奉，晓是舞者，圣文神武皇帝初，公孙一人而已。玉貌锦衣，况余白首；今兹弟子，亦匪盛颜。既辨其由来，知波澜莫二。抚事慷慨，聊为《剑器行》。昔者吴人张旭，善草书书帖，数尝下邺县见公孙大娘舞西河剑器，自此草书长进，豪荡感激。即公孙可知矣！

昔有佳人公孙氏，一舞剑气动四方。观者如山色沮丧①，天地为之久低昂。㸌如羿射九日落②，矫如群帝骖龙翔③。来如雷霆收震怒，罢如江海凝清光。绛唇珠袖两寂寞④，晚有弟子传芬芳⑤。临颍美人在白帝⑥，妙舞此曲神扬扬。与余问答既有以⑦，感时抚事增惋伤。先帝侍女八千人⑧，公孙剑器初第一。五十年间似反掌，风尘澒洞昏王室⑨。梨园弟子散如烟，女乐馀姿映寒日⑩。金粟堆前木已拱⑪，瞿唐石城草萧瑟⑫。玳筵急管曲复终⑬，乐极哀来月东出。老夫不知其所往，足茧荒山转愁疾。

注释 ①色沮丧：形容惊讶失色的样子。②㸌（huò）：闪光貌。羿：后羿。③矫：矫捷。群帝：群仙。骖（cān）：驾驭。④绛唇：指歌。珠袖：指舞。⑤芬芳：公孙大娘舞蹈的精华。⑥临颍美人：指李十二娘。⑦既有以：即序中『既辨其由来』之意。⑧先帝：指唐玄宗。⑨澒（hòng）洞：弥漫无际的样子。⑩女乐馀姿：指李十二娘的舞蹈犹存开元盛世的风貌。⑪金粟堆：位于金粟山的玄宗陵。木已拱：意思是墓前的树木已长得有双手合抱那么粗了。⑫瞿唐石城：指白帝城。⑬玳筵：玳瑁饰制的琴瑟。急管：节奏急促的管乐。

译文 从前有个漂亮女人，名叫公孙大娘，每当她跳起剑舞来，就要轰动四方。观看人群多如山，心惊魄动脸变色，天地也被她的舞姿感染得起伏震荡。剑光璀璨夺目，有如后羿射落九日；舞姿矫健敏捷，恰

似天神驾龙飞翔。起舞时剑势如雷霆万钧，令人屏息；收舞时平静，好像江海凝聚的波光。岁月无情，鲜红的嘴唇绰约的舞姿都已逝去，到了晚年，有弟子把艺术继承发扬。临颍美人李十二娘，在白帝城表演，她和此曲起舞，精妙无比神采飞扬。她和我谈论好久关于剑舞的来由，我忆昔抚今，更增添无限惋惜哀伤。当年玄宗皇上的侍女，约有八千人，剑器舞姿数第一的，只有公孙大娘。五十年的光阴，真好似一翻掌间，连年战乱烽烟弥漫，朝政昏暗无常。那些梨园子弟，一个个地烟消云散，只留李氏的舞姿，掩映冬日的寒光。金粟山玄宗墓前的树木，已经合抱，瞿塘峡白帝城一带，秋草萧瑟荒凉。玳弦琴瑟急促的乐曲，又一曲终了，明月初出乐极生悲，我心中惶惶。我这待亡之人，真不知哪是要去的地方，荒山里迈步艰难，越走就越觉凄伤。

又呈吴郎

堂前扑枣任西邻①，无食无儿一妇人。不为困穷宁有此②？只缘恐惧转须亲③。即防远客虽多事④，便插疏篱却甚真⑤。已诉征求贫到骨⑥，正思戎马泪盈巾⑦。

注释 ①扑：打。任：放任，不拘束。西邻：就是下句说的『妇人』。②不为：要不是因为。宁有此：怎么会这样（做这样的事情）呢？宁，岂，怎么。此，代词，代贫妇人打枣这件事。③只缘：正因为：恐惧：害怕。转须亲：反而更应该对她表示亲善。亲，亲善。④即：立即，马上。防远客：指贫妇人对新来的主人

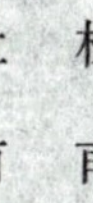

存有戒心。多事：多心，不必要的担心。⑤便：就。插疏篱：是说吴郎修了一些稀疏的篱笆。甚：太。⑥征求：指赋税征敛。贫到骨：贫穷到骨（一贫如洗）。⑦戎马：指战乱。

 我任由西邻到草堂前来打枣，她是一个没有饭吃没有儿子的孤苦妇人。若不是因为穷困不堪，她又怎么会做这样的事呢？只因为她怕你，所以你更要对她显得亲善。她防着你这个远客虽属多事，但你一来就插上篱笆却好像是太过于认真了。她对我诉说过因为赋税征敛而一贫如洗，我由此想到战乱中的百姓而泪流满面。

月夜

今夜鄜州月，闺中只独看①。遥怜小儿女，未解忆长安②。

香雾云鬟湿，清辉玉臂寒③。何时倚虚幌④，双照泪痕干？

 ①闺中：指诗人的妻子。②解：理解，懂得。③清辉：皎洁的月光。④虚幌：透明的窗帷。

 鄜州的夜空上有一轮皎洁的明月，妻子在闺房中独自望月。年幼的儿女还不懂得他们的母亲为什么思念身在长安的父亲。夜里雾气迷蒙，打湿了妻子的头发，清冷的月光让她的手臂感到些许寒意。什么时候才能和你依偎在窗帷前赏月，让月光擦干泪痕呢？

春夜喜雨

好雨知时节①，当春乃发生②。随风潜入夜，润物细无声。

野径云俱黑，江船火独明。晓看红湿处③，花重锦官城④。

 ①时节：节气，指二十四节气。②乃：就。③红湿处：被雨水打湿的花丛。④锦官城：指成都。

译文 春雨好像知道下雨的最佳节气，在植物生长的时候降临大地。随着春风在夜里悄悄地下着，悄无声息地滋润着万物。野外一片漆黑，只有江上船只的灯火亮着。明早再去看那些饱含雨水滋润的鲜花，一定开遍了成都。

春望

国破山河在①，城春草木深。感时花溅泪，恨别鸟惊心。

烽火连三月②，家书抵万金。白头搔更短，浑欲不胜簪③。

 ①国破：指国都长安被叛军占领。②烽火：指战争。③浑：简直。不胜簪：因头发短少，连簪子也插不上。

 国都已经沦陷，只有山河还在，春天里的长安城草木丛生。看到春花便流下泪来，听到鸟鸣感

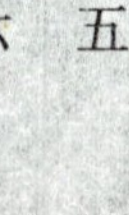

月 夜

今夜鄜州月，闺中只独看。遥怜小儿女，未解忆长安。

香雾云鬟湿，清辉玉臂寒。何时倚虚幌，双照泪痕干。

唐诗精读

春夜喜雨

好雨知时节，当春乃发生。随风潜入夜，润物细无声。

野径云俱黑，江船火独明。晓看红湿处，花重锦官城。

春 望

国破山河在，城春草木深。感时花溅泪，恨别鸟惊心。

烽火连三月，家书抵万金。白头搔更短，浑欲不胜簪。

到心惊。连着三个月的战争还未停息，一封家书都抵得上万两黄金。愁白了的头发越搔越短，简直少得连簪子也插不上。

月夜忆舍弟

戍鼓断人行①，边秋一雁声②。露从今夜白，月是故乡明。

有弟皆分散，无家问死生。寄书长不达③，况乃未休兵。

注释 ①戍鼓：戍楼上的更鼓。②边秋：秋天的边境。③长：一直，老是。

译文 戍楼响过更鼓，路上没有了行人，秋天的边境孤雁在悲鸣。今天正是白露，忽然想起远方的兄弟，望着月亮思念起了家乡，觉得故乡的月亮更圆更明。可怜兄弟们各自分散在天涯，是死是生无处打听。寄出去的书信，常常无法送到，更何况战争还没有结束。

天末怀李白

凉风起天末①，君子意如何②。鸿雁几时到，江湖秋水多。

文章憎命达，魑魅喜人过③。应共冤魂语，投诗赠汨罗④。

注释 ①天末：天边，即在远方。②君子：指李白。③魑魅：泛指鬼怪，这里比喻小人。④汨罗：汨罗江，屈原自沉处，在今湖南湘阴县。

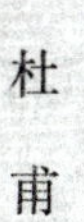

译文 天边的凉风习习吹来，朋友你的心情是否愉快。鸿雁何时能带来你的消息，江湖水深总有不平的风浪。有文才的人往往薄命遭忌恨，鬼怪正欢喜有人经过可作为食物。你与屈原有共同的冤屈，请别忘了投诗祭奠汨罗江！

登岳阳楼

昔闻洞庭水，今上岳阳楼。吴楚东南坼①，乾坤日夜浮②。

亲朋无一字，老病有孤舟。戎马关山北③，凭轩涕泗流④。

注释 ①坼：分裂。②乾坤：天地。③戎马：指战争。关山北：北方边境。④凭轩：靠着窗户。

译文 曾听说过名扬四海的洞庭湖，今日有幸登上湖边的岳阳楼。大湖像是要把吴楚东南隔开，天地就像在湖面日夜漂浮。没有寄过书信给亲戚朋友，老年多病只有孤舟相伴。北方边境的战争还没结束，靠着窗户不禁流下热泪。

赠花卿①

锦城丝管日纷纷②，半入江风半入云。此曲只应天上有，人间能得几回闻。

注释 ①花卿：指花敬定。②锦城：指成都。丝管：管弦类乐器，这里泛指音乐。

译文 成都城里的音乐声轻柔悠扬，一半随着江风飘散，一半飘入云端。这样的乐曲只应该天上有，人间能听到几回呢？

江畔独步寻花

黄四娘家花满蹊①，千朵万朵压枝低。留连戏蝶时时舞②，自在娇莺恰恰啼③。

注释 ①黄四娘：杜甫在成都草堂居住时的邻居。蹊：小路。②留连：留恋。③娇：可爱。

译文 黄四娘家的小路上开满美丽的花朵，千朵万朵的花朵压弯了枝条。蝴蝶在花丛中嬉戏飞舞，恋恋不舍，自由自在的可爱黄莺也在愉快地啼叫。

武侯庙

遗庙丹青落，空山草木长。犹闻辞后主①，不复卧南阳②。

注释 ①辞后主：建兴五年（227），诸葛亮率师北伐，行前作《出师表》向后主辞行。②南阳：郡名，治所在宛县（今河南省南阳市）。诸葛亮出山前，曾隐居于南阳垅亩。建兴十二年（234），与曹魏大将司马懿相拒渭南，最终病死于五丈原军中。

译文 古庙里的丹青彩绘已经剥落，寂静的山间唯有草木莽莽。好像还能听到他辞别后主的誓言，可惜尽瘁于军中不能再归卧南阳。

江汉

江汉思归客，乾坤一腐儒。片云天共远，永夜月同孤。
落日心犹壮，秋风病欲苏。古来存老马，不必取长途。

译文 我这流落在江汉一带满怀乡思的行客，不过是广阔的天地之间一个迂腐的老儒。如远天的片云一样客居他乡，与明月一同寂寞地度过漫漫长夜。虽然已到暮年，但我的豪情抱负从未消逝；面对萧索的秋风，我不仅未有悲秋之伤，病情反而有所好转。从古至今，人们养老马是因为看重它的智慧，而不是因为它体力好，能长途跋涉。

江南逢李龟年

岐王宅里寻常见，崔九堂前几度闻。正是江南好风景，落花时节又逢君。

译文 当年在岐王府里常和你见面，在崔九堂前又多次听到你的歌声。如今正是江南风光美好之时，落花时节又高兴地与你相逢。

茅屋为秋风所破歌

八月秋高风怒号①，卷我屋上三重茅②。茅飞渡江洒江郊，高者挂罥长林梢③，下者飘转沉塘坳。南村群童欺我老无力，忍能对面为盗贼。公然抱茅入竹去，唇焦口燥呼不得，归来倚杖自叹息。俄顷风定云墨色，秋天漠漠向昏黑。布衾多年冷似铁，骄儿恶卧踏里裂。床头屋漏无干处，雨脚如麻未断绝。自经丧乱少睡眠，长夜沾湿何由彻④！安得广厦千万间，大庇天下寒士俱欢颜⑤，风雨不动安如山！呜呼！何时眼前突兀见此屋，吾庐独破受冻死亦足！

注释 ①秋高：秋深。②三重茅：几层茅草。三，表示多。③挂罥：挂着，挂住。罥，挂。④何由彻：怎样才能熬到天亮呢？彻，在此意为彻夜、通宵。⑤大庇：全部遮盖、保护起来。庇，遮蔽，保护。

译文 八月深秋，狂风怒吼，将我屋顶上的几层茅草都卷走了。茅草随风渡过浣花溪，散落在江对岸，飞得高的挂在了树梢上，飞得低的落到了低洼的水塘里。南村的一群幼童欺我年老体弱，当着我的面做了强盗。他们肆无忌惮地抱着茅草跑入竹林，我喊得口干舌燥也没用，只好回来拄着拐杖叹气。不久，风停了，天上云黑如墨，深秋天色迷蒙，逐渐昏暗下来。被子盖了多年，又冷又硬，仿佛铁板。孩子睡相不好，蹬破了被里。屋顶漏雨，屋内没有一点干燥的地方，雨像线条一样下个不停。自从战乱以来，睡觉的时间极为短暂，长夜漫漫，屋中到处是雨水，如何能熬过这艰难的一夜啊？怎样才能拥有千万间宽敞明亮的房子，为全天下的贫苦人遮风挡雨，使他们人人笑逐颜开，也使房子在风雨之中安稳如山？唉！哪一天眼前突然出现这样的房子，哪怕只有我的茅屋被吹破、我被冻死也心甘情愿！

醉时歌

诸公衮衮登台省①，广文先生官独冷②。甲第纷纷厌粱肉③，广文先生饭不足。先生有道出羲皇④，先生有才过屈宋⑤。德尊一代常坎坷，名垂万古知何用！杜陵野客人更嗤⑥，被褐短窄鬓如丝⑦。日籴太仓五升米⑧，时赴郑老同襟期⑨。得钱即相觅⑩，沽酒不复疑⑪。忘形到尔汝⑫，痛饮真吾师。清夜沉沉动春酌⑬，灯前细雨檐花落。但觉高歌有鬼神⑭，焉知饿死填沟壑⑮？相如逸才亲涤器⑯，子云识字终投阁⑰。先生早赋《归去来》⑱，石田茅屋荒苍苔。儒术于我何有哉？孔丘盗跖俱尘埃⑲！不须闻此意惨怆，生前相遇且衔杯！

①衮衮：众多。台省：台是御史台，省是中书省、尚书省和门下省。都是当时中央枢要机构。②广文先生：指郑虔。因郑虔是广文馆博士。冷：清冷，冷落。③甲第：汉代达官贵人住宅有甲乙次第，所以说『甲第』。厌：饱足。④出：超出。羲皇：指伏羲氏，传说中我国古代理想化的圣君。⑤屈宋：屈原和

宋玉。⑥杜陵野客：杜甫自称。杜甫祖籍长安杜陵，他在长安时又曾在杜陵东南的少陵附近住过，所以自称『杜陵野客』，又称『少陵野老』。嗤：讥笑。⑦褐：粗布衣，古时穷人穿的衣服。⑧日籴：天天买粮，所以没有隔夜之粮。太仓：京师所设皇家粮仓。当时因长期下雨，米价很贵，于是发放太仓米十万石减价济贫，杜甫也以此为生。⑨时赴：经常去。郑老：郑虔比杜甫大近二十岁，所以称他『郑老』。同襟期：意思是彼此的襟怀和性情相同。⑩相觅：互相寻找。⑪不复疑：得钱就买酒，不考虑其他生活问题。⑫忘形到尔汝：酒酣而兴奋得不分大小，称名道姓，毫无客套。⑬檐花：檐前落下的雨水在灯光映射下闪烁如花。⑭有鬼神：似有鬼神相助，即『诗成若有神』『诗应有神助』的意思。⑮填沟壑：指死于贫困，弃尸沟壑。⑯相如：司马相如，西汉著名辞赋家。逸才：出众的才能。亲涤器：司马相如和妻子卓文君在成都开了一间小酒店，卓文君当炉，司马相如亲自洗涤食器。⑰子云：扬雄的字。投阁：王莽时，扬雄校书天禄阁，因别人牵连得罪，使者来收捕时，扬雄仓皇跳楼自杀，幸而没有摔死。⑱归去来：东晋陶渊明辞彭泽令归家时，曾赋《归去来辞》。⑲孔丘：孔子。盗跖：春秋时人，姓柳下，名跖，以盗为生，因而被称为『盗跖』。这句是诗人聊作自慰的解嘲之语，说无论是圣贤还是不肖之徒，最后都难免化为尘埃。

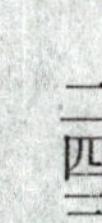

译文

精明的先生们都进了中央枢要机构，只有广文先生官居清冷。那些高门大户纷纷吃腻了粱肉，广文先生却连饭都吃不饱。先生的道德超出上古羲皇，先生的才能超过屈原和宋玉。德尊一代却遭遇坎坷，名声万古流传又有何用呢？我这杜陵野老更是遭人嗤笑，穿得粗布衣又短又窄，两鬓斑白如丝。天天去太仓排队买上五升米，经常跑到襟怀、性情相同的郑老先生这里。得到几个钱就立即来相互寻觅，买酒一点都不迟疑。酒酣忘形时称名道姓不分大小，痛快畅饮的海量真可做我的老师。清冷的春夜深沉，我们一块儿把酒斟，檐前落下的细雨在灯光映射下闪烁如花。只觉高歌快意，似有鬼神来相助，哪曾想过有朝一日会饿死去填沟壑呢？司马相如才华横溢却得亲自洗涤酒具，扬雄识尽古书奇字，终究从天禄阁跳下去。先生还是早点赋《归去来》吧，免得石田茅屋荒芜长满苍苔。儒术对我们来说有什么用呢？孔丘和盗跖最后还不是一样都化为尘埃了。听到此言不必凄楚悲伤，生前能相遇知己，暂且举杯共醉吧！

刘方平

刘方平（生卒年不详），今河南洛阳人。天宝前期曾经参加过进士考试，落榜后便在颍水、汝河之滨过上了隐居生活，一生未仕。青年时就显示出才华，其诗歌文思悠远，也长于山水画。与元德秀、皇甫冉交好，经常吟诗作赋。诗歌以咏物写景居多，尤其擅长绝句，多写闺情、乡思题材。

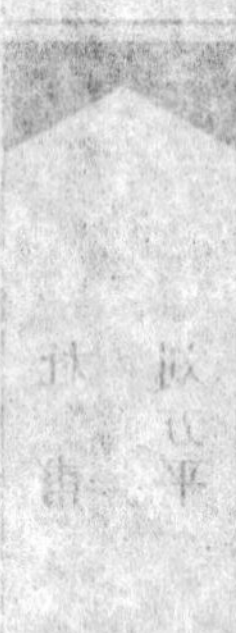

月夜

更深月色半人家，北斗阑干南斗斜。今夜偏知春气暖，虫声新透绿窗纱。

深夜里斜月照着半边人家，天上北斗星横移南斗西斜。今夜方觉出春天气候温暖，虫声从院外初次透进窗纱。

春怨

纱窗日落渐黄昏，金屋无人见泪痕①。寂寞空庭春欲晚，梨花满地不开门。

①金屋：汉武帝少时曾言愿筑金屋藏其表姐阿娇。这里指妃嫔所居之华丽宫室。

纱窗外，日影淡去已近黄昏，宫殿空空，无人见我满面泪痕。庭院寂寂，春日繁华将尽，梨花满地，我不愿开门。

贾至

贾至（约718—772），字幼几，一作幼邻，洛阳（今属河南）人。天宝初年因任校书郎而做了单父尉。天宝末年任中书舍人。安史之乱时。贾至跟随玄宗进入蜀地。肃宗继位后，又担任册礼使制官，后又任中书舍人、知制诰。乾元元年（758）春，离开京师出任汝州刺史，后被贬为岳州司马，与李白相遇，有诗酬唱。代宗即位，又入朝担任中书舍人，提升为尚书左丞。大历初年，升任兵部侍郎，迁京兆尹，后官任右散骑常侍。

春思

草色青青柳色黄，桃花历乱李花香。东风不为吹愁去，春日偏能惹恨长。

草色青翠，柳芽嫩黄，桃花茂盛，李花芳香扑鼻。可春风却不能将我的愁绪吹走，这春日偏偏使我的愁闷更加难以排遣。

巴陵夜别王八员外

柳絮飞时别洛阳，梅花发后到三湘。世情已逐浮云散，离恨空随江水长。

柳絮漫天飞舞的季节我离开了洛阳，梅花盛开后已经到了湖南。世态人情都如浮云般四散而去，因离别而生的愁苦仍像江水绵延不绝。

元结

元结（719—772），字次山，号漫叟，河南鲁山（今属河南）人。天宝六年（747）应考科举落第后，归隐

商余山。天宝十二年（753）中进士。乾元元年（758），因国子司业苏源明举荐，被提拔为右金吾兵曹参军，摄监察御史。乾元二年（759），官任山南东道节度使史翙幕参谋，招募义兵，抗击史思明叛军，保全十五城。因讨伐乱贼有功，提升为监察御史里行。代宗即位后，授著作郎。后拜道州刺史。五十岁去世，死后追赠礼部侍郎。

石鱼湖上醉歌并序

漫叟以公田米酿酒，因休暇，则载酒于湖上，时取一醉。欢醉中，据湖岸引臂向鱼取酒，使舫载之，遍饮坐者。意疑倚巴丘酌于君山之上，诸子环洞庭而坐。酒舫泛泛然，触波涛而往来者，乃作歌以长之。

石鱼湖，似洞庭，夏水欲满君山青①。山为樽，水为沼②，酒徒历历坐洲岛③。长风连日作大浪，不能废人运酒舫④。我持长瓢坐巴丘，酌饮四座以散愁。

注释　①君山：又名洞庭山，在洞庭湖中。②沼：池。③历历：一个个的。④废：阻止。

译文　湖南道州的石鱼湖，真像洞庭，夏天水涨满了，君山翠绿苍苍。且把山谷作酒杯，湖水作酒池，酒徒济济，围坐在洲岛的中央。管他连日狂风大作，掀起大浪，也阻遏不了我们运酒的小舫。我手持酒葫芦瓢，稳坐巴丘山，为四座斟酒，借以消散满怀愁绪！

贼退示官吏并序

癸卯岁，西原贼入道州，焚烧杀掠，几尽而去。明年，贼又攻永州，破邵，不犯此州边鄙而退，岂力能制敌欤？盖蒙其伤怜而已！诸使何为忍苦征敛！故作诗一篇以示官吏。

昔岁逢太平，山林二十年。泉源在庭户，洞壑当门前。井税有常期①，日晏犹得眠②。忽然遭世变，数岁亲戎旃③。今来典斯郡④，山夷又纷然。城小贼不屠，人贫伤可怜。是以陷邻境，此州独见全。使臣将王命⑤，岂不如贼焉？今彼征敛者，迫之如火煎。谁能绝人命，以作时世贤？思欲委符节⑥，引竿自刺船⑦。将家就鱼麦，归老江湖边。

注释　①井税：这里指赋税。井，即井田。常期：固定的日期。②晏：晚。③戎旃（zhān）：军帐。④典：掌管，治理。⑤将王命：奉皇帝的旨意。⑥委符节：辞官。委，弃、放弃。符节，古代朝廷传达命令或征调兵将用的凭证。⑦刺船：指撑船。

译文　我早年遇到了太平世道，在山林中隐居了二十年。清澈的源泉就在家门口，洞穴沟壑横卧在家门前。田租赋税有个固定期限，日上三竿依然安稳酣眠。忽然间遭遇到世道突变，数年来亲自从军上前线。如今我来治理这个郡县，山中的夷贼又常来扰边。县城太小夷贼不再屠掠，人民贫穷他们也觉可怜。因此他

们攻陷邻县境界，这个道州才能独自保全。使臣们奉皇命来收租税，难道还不如那些盗贼？现在那横征暴敛的官吏，催赋逼税恰如火烧火煎。谁愿意断绝人民的生路，去做时世所称赞的忠贤？我想辞去道州刺史官职，拿起竹篙自己动手撑船。带领家小去到鱼米之乡，归隐老死在那江湖之边。

张继

张继（？—约779），字懿孙，襄州（州治在今湖北襄阳）人。天宝年间进士及第，至德年间官任监察御史。大历年间在武昌任职，后因任检校祠部员外郎，在洪州掌管财政赋税，曾任租庸使、转运使判官，死于任所。他的诗关注时事，激越淋漓，事理皆切，寄意深远。

枫桥夜泊①

月落乌啼霜满天，江枫渔火对愁眠。姑苏城外寒山寺②，夜半钟声到客船。

注释 ①枫桥：在今江苏省苏州市。②姑苏：苏州的别称。

译文 月亮落下去了，乌鸦在啼叫，此时秋霜满天，江边的枫树和渔船上闪烁的灯火使我心生愁绪难以入眠。苏州城外的寒山寺里，半夜的钟声缓缓地飘荡到了客船。

钱起

钱起（约722—782），字仲文，吴兴（今浙江湖州）人。天宝年间（751）进士，授秘书省校书郎。安史之乱后任蓝田县尉，与退隐辋川的王维唱和。终考功郎中、大清宫使。与郎士元、司空曙、李益、李端、卢纶等合称『大历十才子』，又与郎士元齐名，有『前有沈、宋，后有钱、郎』之誉。擅长五律，七绝含蓄清丽，很有韵味。有《钱仲文集》。

归雁

潇湘何事等闲回①？水碧沙明两岸苔。二十五弦弹夜月，不胜清怨却飞来②。

注释 ①潇湘：这里泛指南方。等闲：轻易。②胜：承受。

译文 大雁为什么轻易地从南方飞回北方呢？那里河水碧绿，沙石透明，苔藓布满两岸。想必是二十五弦弹出的琴声太哀怨，大雁不能承受思乡之情，只好飞回北方。

送僧归日本

上国随缘住①，来途若梦行。浮天沧海远②，去世法舟轻③。
水月通禅寂，鱼龙听梵声。惟怜一灯影，万里眼中明。

①上国：此指大唐。②浮天：形容船只远去海上，如浮于天际。③去世：脱离尘世。法舟：指日本僧人所乘之舟。

有机缘来大唐，并在这里停留，来的路上，如同在梦中航行。海天茫茫，舟行海上如浮于天际一般；远离尘嚣，法舟飞一般轻盈快捷。水月与禅理相通，海中鱼龙也来听你诵经。独独喜爱那一盏禅灯，万里行舟，眼中清亮通明。

谷口书斋寄杨补阙

泉壑带茅茨①，云霞生薜帷②。竹怜新雨后，山爱夕阳时。
闲鹭栖常早，秋花落更迟。家僮扫萝径，昨与故人期。

①茅茨（cí）：茅屋。②薜帷：薜荔（一种常绿藤），蔓生如帐幕，故得名。

译文

泉水沟壑，环绕茅舍书斋；云霞映照薜荔，好似帷幔。雨后青竹格外清新，傍晚山丘更加可爱。悠闲的白鹭常很早就栖宿，秋花更是比别处落得晚。家僮正打扫青萝小路，昨天与老友约好了日期。

赠阙下裴舍人

二月黄鹂飞上林①，春城紫禁晓阴阴。长乐钟声花外尽②，龙池柳色雨中深③。
阳和不散穷途恨④，霄汉长悬捧日心⑤。献赋十年犹未遇⑥，羞将白发对华簪⑦。

注释

①上林：指皇宫宫苑。②长乐：本汉宫名，此处借指唐宫。③龙池：泛指宫中的池塘。④阳和：指春天温暖的气候。⑤捧日心：三国程昱年轻时曾梦见自己两手捧日，后兖州叛乱，曹操赖程昱保全三城，为其改名为『昱』（程昱本名立）。⑥献赋：以辞赋献于皇帝，此指应考。⑦华簪：华贵的冠饰。

二月，上林苑黄鹂穿飞啼叫；拂晓，紫禁城洒下浓浓春阴。长乐宫的钟声，消失在繁花之外；宫中池边垂柳，在雨中颜色更深。阳光和暖，却驱不散穷途之恨，但程昱捧目的忠心，可长悬九天。献赋十年，仍未受礼遇；而今白发苍苍，愧对裴舍人。

郎士元

郎士元，字君胄，中山（今河北定县）人，生卒年不详。天宝十五载（756）登进士第。宝应元年（762）补渭南尉，官至郢州刺史。与钱起齐名，世称『钱郎』。

听邻家吹笙

凤吹声如隔彩霞①，不知墙外是谁家。重门深锁无寻处②，疑有碧桃千树花。

注释

①凤吹：笙由多根簧管组成，形状参差有如凤翼，它的声音清亮，宛如凤鸣，故有『凤吹』之称。后来泛称笙、箫等细乐。②重门：层层大门。

译文

吹笙的声音好似凤鸣般从彩霞中飘下，不知吹笙人究竟是墙外哪一家。重重大门紧锁无处寻觅，但猜想其中必有碧桃千树，开满了花。

韩翃

韩翃（生卒年不详），字君平，南阳（今河南沁阳附近）人，『大历十才子』之一。玄宗天宝年间（754）中进士，后任淄青节度使幕府从事。建中初年，因诗文受到德宗赏识，官至驾部郎中、知制诰，官终中书舍人。

寒食

春城无处不飞花，寒食东风御柳斜①。日暮汉宫传蜡烛，轻烟散入五侯家②。

注释

①寒食：我国古代传统节日之一，一般在冬至后一百零五日，清明前一两天。古人很重视这个节日，按风俗家家禁火，只吃冷食，故称寒食。②五侯：汉朝桓帝时，有五个同日封侯的宦官，后借指显赫的贵族或皇帝宠信的近臣。

译文

春天京城万紫千红处处飞花，寒食节东风吹御柳飞舞飘洒。晚上宫廷忙着传送赏赐蜡烛，轻烟先是散入君王宠幸之家。

皇甫冉

皇甫冉（约717～770），字茂政，润州（今江苏镇江）丹阳人。十岁即能写诗作文，张九龄呼之为小友。天宝十五载（756）考中状元。曾官无锡尉，大历初入河南节度使王缙幕，终左拾遗、右补阙。为避战乱曾寓居义兴（今江苏宜兴），卒于丹阳，享年五十四岁。其诗清新漂逸，多漂泊之感。

春思

莺啼燕语报新年，马邑龙堆路几千①。家住层城邻汉苑②，心随明月到胡天。机中锦字论长恨③，楼上花枝笑独眠。为问天戎窦车骑④，何时返旆勒燕然⑤。

注释

①马邑：今山西朔县。龙堆：白龙堆，在今新疆。以上两地都是泛指边塞。②层城：指京城。③机中锦字：前秦安南将军窦滔出镇襄阳，他的妻子苏蕙很是思念，于是织璇玑图给他，共840字，纵横反复，皆能成诗。④天戎：主将。⑤返旆（pèi）：班师回朝。旆，古代旗末端状如燕尾的飘带。勒燕然：东汉窦宪

大破匈奴后，曾于燕然山上勒功而还。勒，刻。

译文　莺燕啼叫，报告新年将至，到马邑龙堆，要几千里。家在京城，毗邻汉室宫殿，我心却跟随明月，到了边塞。织锦回文诗寄托深深幽怨，楼上花枝，也笑我一人独眠。请问元帅、车骑将军窦宪，何时班师刻石记功于燕然山。

司空曙

司空曙（约720—790），字文明，一作文初，广平（今河北永年东南）人，『大历十才子』之一。进士及第，年份不详，历任主簿、左拾遗，后贬为长林（今湖北荆门西北）县丞。韦皋任剑南节度使时，曾召他至幕府，官水部郎中，终虞部郎中。长于五律，多写自然景色和乡情旅思。

江村即事

钓罢归来不系船①。江村月落正堪眠②。纵然一夜风吹去③，只在芦花浅水边。

①罢：完了。②正堪：正好。③纵然：即使。

译文　渔夫夜晚钓鱼归来懒得系船，月亮落下去了，正好是睡觉的好时候。即使夜里的风把船吹走，船也只会被吹到长满芦花的浅水边。

贼平后送人北归

世乱同南去，时清独北还①。他乡生白发，旧国见青山。

晓月过残垒②，繁星宿故关。寒禽与衰草，处处伴愁颜。

注释　①时清：指时局已安定。②残垒：残余的工事。

译文　世道离乱，你我曾一同流落江南，时局安定了，你却要独自北返。避难他乡，如今已鬓生白发，故乡恐怕也只有青山依然。早行所过，尽是破旧残垒；繁星密布之夜，应是住在故关。一路上只有寒禽和衰草，时时处处与你的愁颜相伴！

喜外弟卢纶见宿

静夜四无邻，荒居旧业贫①。雨中黄叶树，灯下白头人。

以我独沉久②，愧君相访频③。平生自有分④，况是蔡家亲⑤。

①荒居：偏僻简陋的住所。旧业：家产。②沉：沉沦。③愧：愧对。④分（fèn）：情分。⑤蔡家亲：也作『霍家亲』。晋代羊祜为蔡邕外孙，这里说明两家是表亲。

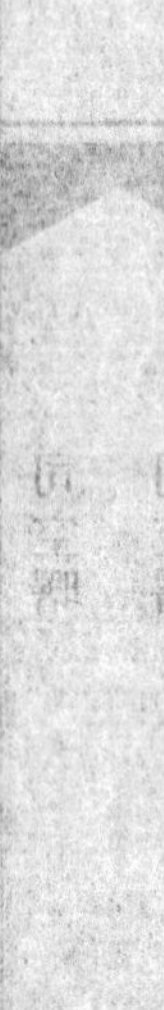

译文 宁静的夜晚四周没有近邻，我荒居旧屋家道早已赤贫。枯黄的老树在风雨中落叶，昏暗的灯光映照白发老人。因为我长期以来孤寂沉沦，你频来探望令我自愧难忍。平生情谊可见是自有缘分，更何况本身就是姑表亲门。

皎然

皎然，诗僧，生卒年不详。俗姓谢，字清昼，吴兴（今浙江省湖州市）人，为南朝谢灵运十世孙，主要活动于大历、贞元年间，有诗名，作品多为赠答送别、山水游赏之作。其《诗式》是当时诗格一类作品中较有价值的一部。除文学之外，在佛学和茶学等许多方面也有相当深厚的造诣，堪称一代宗师。

寻陆鸿渐不遇

移家虽带郭①，野径入桑麻。近种篱边菊，秋来未著花②。
扣门无犬吠，欲去问西家③。报道山中去④，归来每日斜。

注释 ①移家：迁居。带：近。②著花：开花。③四家：西边的邻居。④报道：回答说。

译文 他把家搬到城边，乡间小路就通向他家。近处篱笆边上种着菊花，秋天到了，却还没开花。轻轻敲门，没有狗叫，于是想去问西边的邻家。说他去了山里，回来时每每都到太阳西下。

李端

李端（约743—782），字正己，赵州（今河北赵县）人，『大历十才子』之一。早年在庐山隐居，跟随著名僧人皎然学习诗歌。大历五年进士，起初授秘书省校书郎，官终杭州司马。晚年辞官隐居湖南衡山，自号衡岳幽人。喜欢律体，才思敏捷，很受同时代的人赞赏。其诗多写闺情，颇多凄美清丽之作。有《李端诗集》，《全唐诗》存其诗三卷。

鸣筝

鸣筝金粟柱，素手玉房前①。欲得周郎顾，时时误拂弦。

①玉房：弹筝女子的住处。

译文 饰有金粟柱的古筝轰鸣，洁白的手弹拨在玉房前。为让听曲周郎回首顾盼，常常是故意拨错了筝弦。

闺情

月落星稀天欲明，孤灯未灭梦难成。披衣更向门前望，不忿朝来鹊喜声。

译文 月亮落下，星星也逐渐稀少，天快亮了，可我点着蜡烛一直没有入睡。拂晓时披着衣服到门前远眺，

并不恼恨那时时传来的鸟叫声。

严维

严维（约756年前后在世），字正文，越州人。曾隐居桐庐，与刘长卿友善。至德二年，因『词藻宏丽』进士及第，后因家中贫穷有老人需要照顾，不能远离，授诸暨尉。时年已四十余。后历秘书郎。严中丞节度河南，辟佐幕府。迁余姚令。终右补阙。

丹阳送韦参军

丹阳郭里送行舟，一别心知两地秋。日晚江南望江北，寒鸦飞尽水悠悠。

我在丹阳城外送你上船，这一分别就更知江南江北都已入秋。天色已晚我还站在江头遥望江北，寒鸦已经归巢，江水依然无语东流。

顾况

顾况（725？—814？），字逋翁，号华阳山人，苏州海盐（今浙江海盐）人。肃宗至德二年（757）进士及第，先后任校书郎、著作郎等职。因讥诮当朝权贵被贬为饶州司户，后隐居茅山。著有《华阳集》。

宫词

玉楼天半起笙歌①，风送宫嫔笑语和。月殿影开闻夜漏②，水精帘卷近秋河③。

注释
①玉楼：《十洲记》载昆仑山上有玉楼十二座，这里借指宫中楼台。天半：极言楼之高。笙歌：以笙伴奏的歌声。笙，竹制管乐器，大者十九簧，小者十三簧。②月殿：指月亮。传说中月亮上有广寒宫，故称。③水精：水晶。秋河：秋夜的银河。

高楼上响起笙箫欢歌，轻风送来宫嫔笑语，与乐音相和。月下，殿门打开听见滴漏声，卷起水晶帘，我似靠近了银河。

过山农家

板桥人渡泉声，茅檐日午鸡鸣①。莫嗔焙茶烟暗②，却喜晒谷天晴。

①日午：正午的太阳。②嗔：埋怨。焙：烘烤。

译文
我走过木板桥时，有淙淙的流水相伴，正午的太阳已经照在茅屋的屋檐了，鸡在咯咯叫着。不要埋怨因为焙茶产生的昏暗烟雾，可喜的是大好的阳光正好可以晒谷。

听角思归

故园黄叶满青苔，梦后城头晓角哀。此夜断肠人不见，起行残月影徘徊。

梦里见到家中庭院落满秋叶，台阶满是青苔，醒后听见城头传来报晓的号角声，更觉悲凉。今夜思念故乡使我肝肠寸断难以入眠，只好起床独自在月光下久久徘徊。

于良史

于良史，约天宝末年踏上仕途，肃宗至德年间曾任侍御史，代宗大历年间任监察御史。德宗贞元年间，徐、泗州节度使张建封辟为从事。他的五言诗清丽超逸，讲究对仗，如名句『风兼残雪起，河带断冰流』。诗多写景，构思巧妙，形象逼真，同时寄寓思乡和隐逸之情。诗风清淡高雅，当时很有诗名。

春山夜月

春山多胜事，赏玩夜忘归。掬水月在手，弄花香满衣。兴来无远近，欲去惜芳菲。南望鸣钟处，楼台深翠微。

春天的山野景色真是美好，游览观赏至夜晚竟然忘记回家。双手掬起一捧清水便拥有了月亮，赏玩春花更使得衣裳沾满香气。兴致一来就不计较路途远近，即将离去舍不得花草芳菲。向南远望钟声传来之处，楼阁亭台隐藏在青翠的山色中。

柳中庸

柳中庸，名淡，字中庸。中唐河东人，柳宗元同族。他和弟弟柳中行，都在诗文方面有名。大历年间中进士，官至洪府户曹。与卢纶、李端为诗友。

征人怨

岁岁金河复玉关，朝朝马策与刀环。三春白雪归青冢，万里黄河绕黑山。

年年转战在金河和玉门关，天天都同马鞭和战刀做伴。三月白雪洒盖着昭君墓，万里黄河曲曲弯弯绕黑山。

戴叔伦

戴叔伦（732—789），字幼公（一作次公），润州金坛（今江苏金坛）人。出生于隐士家庭，祖父和父

亲都是终生隐居不仕的士人。年少时聪明过人，博闻强识，师从萧颖士，是其众弟子中的佼佼者。历官抚州刺史、容州刺史兼容管经略使，故后人称为『戴容州』。诗多写乡村题材，部分揭露了当时的社会问题。其诗在题材、风格、手法上均体现了由盛唐转向中唐的脉络，故胡应麟以其为晚唐之滥觞。

江乡故人偶集客舍

天秋月又满，城阙夜千重①。还作江南会，翻疑梦里逢②。
风枝惊暗鹊，露草泣寒虫。羁旅长堪醉③，相留畏晓钟④。

①千重：形容夜色浓重。②翻：反而。③羁旅：漂泊。④晓钟：报晓的钟声。

秋夜里，一轮满月高悬空中，京城的夜色分外浓重。还能在京城与江南的朋友聚会，大家反而怀疑是在梦里相逢。秋风吹动树枝惊动了栖息的乌鹊，阵阵凄清的虫鸣从沾湿的野草里传出。漂泊在外的旅人应该长醉，相互挽留，害怕听到报晓的钟声。

韦应物

韦应物（约737—792），贵胄出身，京兆长安（今陕西西安）人。十五岁起任三卫郎为唐玄宗效力。安史之乱发生后，玄宗逃往蜀地，韦应物流落失职，始入太学，折节读书。代宗朝始入仕途，永泰年间，任洛阳丞，迁京兆府功曹。建中二年（781），拜比部员外郎，四年出为滁州刺史。贞元元年（785），调江州。贞元四年（788）入朝为左司郎中，次年出为苏州刺史。贞元七年（791）罢官后，闲居苏州诸佛寺，直到终老。他的诗多写山水田园，清丽闲淡，平和之中时露幽愤之情。

郡斋雨中与诸文士燕集①

兵卫森画戟②，燕寝凝清香③。海上风雨至④，逍遥池阁凉⑤。烦疴近消散⑥，嘉宾复满堂。自惭居处崇⑦，未睹斯民康⑧。理会是非遣⑨，性达形迹忘⑩。鲜肥属时禁⑪，蔬果幸见尝⑫。俯饮一杯酒⑬，仰聆金玉章⑭。神欢体自轻⑮，意欲凌风翔⑯。吴中盛文史⑰，群彦今汪洋⑱。方知大藩地⑲，岂曰财赋强⑳？

注释

①贞元五年（789）五月，应物为苏州刺史时宴请吴中文士所作宴集诗。郡斋，郡守即州刺史府第中的厅舍。燕通『宴』。②兵卫：持执兵器的侍卫。森画戟：画戟森的倒装。画戟，即戟，因饰有画彩，称画戟，常用作仪仗。唐刺史常由皇帝赐戟。③燕寝：宴会之所。寝有内室、正殿等多义，由下『复满堂』观之，当指郡斋的正厅。④海：苏州在东海海风影响范围内。⑤逍遥：即逍遥，自在不拘之意。⑥烦疴（kē）：

指因暑热产生的困顿烦躁。疴，病。烦热似病。⑦居处崇：指地位高，唐上州刺史是从三品，苏州是上州。⑧斯民康：此地的百姓安居乐业。⑨理会：会理的倒文，意谓悟得至道妙理。是非遣：遣是非之倒文，意谓排遣掉是非的区分，可见所谓『理』，是佛道之理。⑩性达：性格达观。形迹忘：忘掉自身形踪，即忘掉物我区别。本句与上句互文见义，会理则性达，性达则物我是非皆忘。⑪『鲜肥』句：据《唐会要》卷四十一记，建中元年（780）五月敕：『自今以后，每年五月，宜令天下州县禁断采捕弋猎，仍令所在断屠宰，永为常式。』当时禁令仍在实行中。鲜肥，鱼肉。时禁，一定时节的禁令。⑫幸见尝：希望赏光品尝。⑬俯：低头。⑭仰聆：抬头听。聆，仔细听。金玉章：美妙的诗章。⑮神欢：精神欢畅。⑯意欲：简直想要。⑰吴中：指苏州一带。苏州是春秋吴的故都。盛文史：文史盛之倒语。⑱群彦：群英。彦，英才。汪洋：原意水势浩大。这里指人才济济。⑲方：才。大藩：指大州郡，苏州是上州。⑳岂曰：难道只是？财赋强：安史之乱后，天下财赋，仰给于东南，苏杭一带是中央财政的重要支撑。

译文 官邸门前画戟林立兵卫森严，休息室内凝聚着焚檀的清香。东南近海层层风雨吹进住所，逍遥自在池阁之间阵阵风凉。心里头的烦躁苦闷将要消散，嘉宾贵客重新聚集济济一堂。自己惭愧所处地位太过高贵，未能顾及平民百姓有无安康。如能领悟事理是非自然消释，性情达观世俗礼节就可淡忘。鲜鱼肥肉是

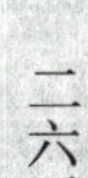

夏令禁食的荤腥，蔬菜水果希望大家尽管品尝。大家躬身饮下一杯醇清美酒，抬头聆听各人吟诵金玉诗章。精神愉快身体自然轻松舒畅，心里真想临风飘举奋力翱翔。吴中不愧为文史鼎盛的所在，文人学士简直多如大海汪洋。现在才知道大州大郡的地方，哪里是仅以财物丰阜而称强？

秋夜寄邱二十二员外

怀君属秋夜①，散步咏凉天②。空山松子落，幽人应未眠。

注释 ①属：恰逢。②咏：歌咏，这里指吟诗。凉天：秋天。

译文 在这悲凉的秋夜里思念着你，我独自散步咏叹凉爽的秋天。寂静的山里能听到松子的落地声，或许你也在思念着我而难以入眠。

赋得暮雨送李胄

楚江微雨里，建业暮钟时①。漠漠帆来重②，冥冥鸟去迟。

海门深不见③，浦树远含滋④。相送情无限，沾襟比散丝。

注释 ①建业：今江苏省南京市。②漠漠：水汽密布的样子。③海门：长江入海处。④浦：水边。

译文 楚江笼罩在微微细雨中，建业城正敲响黄昏的钟声。密集的雨丝使船帆略显沉重，天色昏暗，

鸟儿缓缓地飞行。长江流入海门遥不可见，水边的树木饱含雨水的滋润。我怀着无限的深情送别朋友，沾湿衣襟的泪水就像江面上的雨丝。

长安遇冯著

客从东方来①，衣上灞陵雨②。问客何为来，采山因买斧。
冥冥花正开③，飏飏燕新乳④。昨别今已春，鬓丝生几缕。

注释 ①客：指冯著。②灞陵：即霸陵，在今西安市以东。③冥冥：昏暗的样子，形容雨貌。④飏飏：小鸟飞行的样子。燕新乳：指小燕刚出生。

译文 客人从东方回到长安来，衣服上还带着灞陵的春雨。问他为什么来？他说为开山伐木来买斧子。百花正在春雨中开放，燕子飞来飞去哺育着幼鸟。去年一别如今已是春天，不知两鬓又添了多少白发。

初发扬子寄元大校书①

凄凄去亲爱②，泛泛入烟雾③。归棹洛阳人④，残钟广陵树⑤。
今朝此为别⑥，何处还相遇。世事波上舟⑦，沿洄安得住⑧？

注释 ①兴元元年（784）冬，应物卸去滁州刺史，次年夏归赴洛阳，由滁水入长江至扬子口时所作。

扬子口，津渡名，在今江苏江都南近瓜洲处。元大校书，未详何人。校书为校书郎，官职名。②去亲爱：离开亲爱者，指元大。③泛泛：舟行漂泛状。④归棹：归舟。棹，船桨。洛阳人：应物在代宗广德永泰年间曾任洛阳尉，罢官后曾居洛阳同德寺多时，离去时有《别洛阳亲友》等诗，知他在洛阳多故旧，故归洛阳。洛阳：今河南洛阳。唐时为东都。⑤残钟：钟声的余响，从诗题『初发』看当是晨钟。广陵：今江苏扬州。⑥为别：作别。⑦此句『世事』下省『如』字。⑧沿洄：顺流叫沿，逆流叫洄。此以行舟比世事。安得：怎能。

译文 告别了亲爱的友朋，满心凄凄；离舟儿漂漂，渐渐驶入了江天的烟雾。船儿载我归向洛阳，可心绪还牵萦着广陵城外，江村上，佛寺钟声的余响。今日里此地一相别，到何处，几时方能再相逢？世事真像这漂浮的小舟，随流逐波，又怎生，由得了我。

淮上喜会梁川故人①

江汉曾为客，相逢每醉还。浮云一别后，流水十年间。
欢笑情如旧，萧疏鬓已斑②。何因北归去，淮上对秋山。

注释 ①淮上：淮水边。②斑：指头发斑白。

译文 我们曾经在江汉居住，每次相聚时总要喝醉才回去。我们如浮云般分别之后，光阴似水，不知

不觉已经过去十年。今天再次相逢，谈笑风生，友情依旧，只是两鬓的头发已经稀疏斑白。我为什么还不回故乡？因为还依恋着淮水边的秋山。

滁州西涧

独怜幽草涧边生①，上有黄鹂深树鸣②。春潮带雨晚来急，野渡无人舟自横③。

注释 ①独怜：独爱。②深树：树林的深处。③野渡：野外无人管理的渡口。横：随意漂浮。

译文 我唯独喜欢生长在西涧边幽静的野草，树林深处不时传来黄鹂的鸣叫声。春雨下过之后，河水变得湍急了，一条小船随意漂浮在野外的渡口。

寄全椒山中道士①

今朝郡斋冷②，忽念山中客③。涧底束荆薪④，归来煮白石⑤。

欲持一瓢酒，远慰风雨夕。落叶满空山，何处寻行迹⑥。

注释 ①应物于德宗建中四年（783）夏至贞元元年（785）冬任滁州刺史时作。全椒，滁州属县。今安徽全椒。山，据宋代王象之《舆地纪胜》所记，当指全椒县西三十里的神山。②冷：语意双关，是秋冷，也暗含冷清寂寞之意。③山中客：指山中道士。④涧底：两山中夹的水道叫涧，秋深涧枯见底，故能拾薪。荆薪：杂柴。⑤煮白石：道家有『煮玉石英法』，用白石英和薤白、黑芝麻、白蜜、山泉熬炼服食，可延年益寿。又唐宋时煮茶水加白石，可使更甘美。两种理解均可。⑥这两句是招请道士的婉委说法。

译文 秋的凉冷，初度袭入了刺史府第；不由我想起山中独居的友人——想来你正在干涸的涧底，拾束枯枝残草；独自归来，煮炼那仙药白石。我真想端起一瓢酒浆，在这风雨之夜，远招山中客。可是空旷的山谷间，落叶满坡，又到何处去寻访——你的行迹。

夕次盱眙县①

落帆逗淮镇②，停舫临孤驿③。浩浩风起波④，冥冥日沉夕⑤。

人归山郭暗⑥，雁下芦洲白⑦。独夜忆秦关⑧，听钟未眠客⑨。

注释 ①德宗建中四年（783），应物由比部员外郎外放滁州刺史。此诗当是赴任途经盱眙所作。次，暂止，这里是停泊之意。盱眙，今江苏盱眙。②逗：逗留，止泊。淮镇：盱眙临淮水，故称。③舫：船。驿：驿站。古时供邮使与官吏行程中歇宿之所。④浩浩：盛大貌。⑤冥冥：昏暗貌。⑥山郭：傍山的城郭。郭，外城。⑦芦洲：生长芦苇的水中小岛。⑧独夜：夜中独处。秦关：此指长安。应物是长安京兆万年县人。长安在关中，故以秦关代称。⑨钟：此指报晚的钟声，古时晨昏以钟鼓报时。

译文 行舟落下了风帆，驶近了淮水南岸盱眙镇；停向那岸边孤零零的驿站。风声浩浩起，掀动了水面的波澜；昏昏天色暗，原来夕阳已西沉。奔忙了一天的人们归去，匆匆行走在连山城郭的暗影里；雁群也飞下水边的苇丛栖宿，那苇花，也因为夜色的衬托，更显得一片灰苍苍的白。此情此景，怎不使我独自忆念起家乡秦中；静听着江天上飘荡的晚钟，又将是——长夜不眠远游人。

东郊①

吏舍跼终年②，出郊旷清曙③。杨柳散和风，青山澹吾虑④。依丛适自憩⑤，缘涧还复去⑥。微雨霭芳原⑦，春鸠鸣何处⑧。乐幽心屡止⑨，遵事迹犹遽⑩。终罢斯结庐⑪，慕陶直可庶⑫。

注释 ①韦应物一生作官四方，本诗时地难以详定。②吏舍：指官署。跼：团曲身体叫跼，这里指拘束。③旷清曙：曙天清爽，心情舒展。④澹吾虑：使我心思淡荡清净。澹是使动用法。⑤丛：树丛。适：正可。⑥还复去：流连往返。⑦霭芳原：使原野上空如云烟般迷离。霭，云气。这里作动词用。芳原，花草的原野。⑧春鸠：这里鸠指布谷鸟。⑨止：停歇，这里兼有宁静之意。⑩遵事：意谓被公事所牵绊。遵，循。迹：行踪。遽：匆忙。⑪终罢：指将来不做官时。斯结庐：在此造一所房屋。斯，此。⑫陶：陶渊明，晋隐逸诗人。直可庶：真正可以希冀。庶，庶几，企望。

译文 终年公务牵缠，官署跼促；一旦远足郊外，更觉清晨的原野分外开阔。杨柳依依，似将和风播送；青山翠微，映得我心思一片澄淡。依傍着青绿的林丛，正宜于随意休憩；深爱那清澈的溪涧，我沿岸随流，行来又走去。细细的春草，为原野披上了蒙蒙的帷；善鸣的斑鸠，声声弄春，又究竟在哪一片绿荫下藏身？我为这幽清的景色陶醉，心地一回回更趋向平宁；然而身为王事所限，游春的脚步，也只能迫促匆匆。什么时候能摆脱一切俗务牵绊，在这里建上一所茅屋，到那时追仰陶潜的夙愿，大概就得以偿还。

卢纶

卢纶（约739—799），字允言，河中蒲（今山西永济）人，『大历十才子』之一。天宝末年举进士不第，奉养亲人避乱居于鄱阳。代宗朝又应举，屡试不第。大历六年（771），因宰相元载举荐，授阌乡尉。又受宰相王缙赏识，授集贤学士、秘书省校书郎。后出京任陕府户曹、河南密县令。德宗朝为昭应令，朱泚之乱发生后又赴河中节度使任元帅府判官，官至检校户部郎中。所作边塞诗苍老遒劲，气势雄浑，有盛唐气象。

送李端

故关衰草遍①，离别自堪悲。路出寒云外，人归暮雪时。

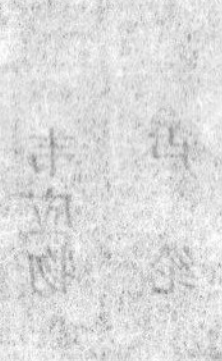
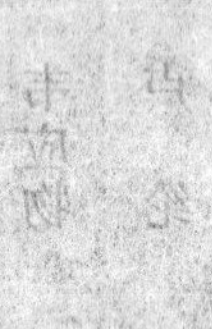

少孤为客早②，多难识君迟。掩泪空相向，风尘何处期③？

注释 ①故关：故乡。②少孤：指自己从小丧父。为客早：意谓从很早的时候便开始了漂泊的生活。③风尘：纷乱的世道。何处期：不知后会何期。

译文 故乡衰败野草遍地，就要分别真叫人伤悲。你踏上去路，走向寒云之外，傍晚回来，正值大雪纷飞。我少年丧亲，很早就作客异乡，患难中认识你，只叹相见太迟。掩面哭泣，空对你离开的方向，世事纷繁，不知何时才能相会。

塞下曲（一）

鹫翎金仆姑①，燕尾绣蝥弧②。独立扬新令③，千营共一呼。

注释 ①鹫（jiù）翎：指用雕的羽毛做的箭羽。②蝥（máo）弧：旗名。③扬新令：挥旗下达新的命令。

译文 腰系雕羽制的神箭金仆姑，蝥弧旗如燕尾迎风飘展。将军巍立，下达新命令，千军万马众口一声。

塞下曲（二）

林暗草惊风①，将军夜引弓②。平明寻白羽③，没在石棱中④。

注释 ①惊风：突然被风吹动。②引弓：拉弓、开弓，这里包含下一步的射箭动作。③白羽：箭杆

后部的白色羽毛，这里指箭。④没：陷入，这里是钻进的意思。石棱：石头的边角。

译文 深林黑暗，疾风惊动草丛，将军在夜里拉弓。天亮去搜寻昨夜箭羽，却发现，整个箭头都射入石中。

塞下曲（三）

月黑雁飞高，单于夜遁逃①。欲将轻骑逐，大雪满弓刀。

注释 ①单（chán）于：本指匈奴的首领，此指入侵者。

译文 没有月亮，大雁飞得很高，单于在夜里向北奔逃。正要率领轻骑兵前去追赶，却见大雪纷纷，刹那间落满铁弓和弯刀。

塞下曲（四）

野幕敞琼筵①，羌戎贺劳旋②。醉和金甲舞，雷鼓动山川③。

注释 ①野幕：设在野外的营帐。琼筵：丰盛精美的宴席。②羌戎：古时对西北少数民族的通称。③雷：同『擂』。

译文 野外的营帐，摆起酒宴，是为了庆贺征羌戎的将士凯旋。穿着铠甲欢醉起舞，擂鼓声震荡连绵山川。

少孤为客早②，多难识君迟。掩泪空相向，风尘何处期③？

【注释】①故关：故乡。②少孤：指自己从小丧父。为客早：意指很早就离开家乡开始了漂泊的生活。③风尘：纷乱的世道。何处期：不知何时会面。

【译文】故乡衰草遍地，离别真叫人伤悲。你踏上去路，走向寒云之外；我返回来，正值大雪纷飞。我少年丧父，很早就作客他乡；患难中认识你，只叹相见太迟。掩面哭泣，空对你离开的方向，世事纷繁，不知何时才能相会。

塞下曲（一）

【原诗】鹫翎金仆姑①，燕尾绣蝥弧②。独立扬新令③，千营共一呼。

【注释】①鹫（jiù）翎：指雕翎制成的箭。②蝥（máo）弧：旗名。③扬新令：发布新的命令。

【译文】身佩雕翎制的神箭金仆姑，燕尾绣旗迎风飘展。将军独立，下达新命令，千军万马众口一声。

塞下曲（二）

【原诗】林暗草惊风①，将军夜引弓②。平明寻白羽③，没在石棱中④。

【注释】①惊风：突然被风吹动。②引弓：拉弓，开弓。这里包含下一步的射箭动作。③白羽：指箭，箭杆后部的白色羽毛，这里指箭。④没：陷入。这里是说箭射进石头中。

【译文】林深黑暗，疾风吹动着草丛，将军在夜里拉弓放箭。天亮后寻找射出的箭，却发现，整个箭头都射入石中。

塞下曲（三）

【原诗】月黑雁飞高，单于夜遁逃①。欲将轻骑逐，大雪满弓刀。

【注释】①单（chán）于：本指匈奴首领，此指入侵者。

【译文】没有月亮的漆黑夜晚，雁群高高飞起，单于在夜里向北方逃跑。正要率领轻骑兵前去追赶，却见大雪纷纷飘落，刀和弓都落满了雪。

塞下曲（四）

【原诗】野幕敞琼筵①，羌戎贺劳旋②。醉和金甲舞，雷鼓动山川③。

【注释】①野幕：这里指野外的营帐。琼筵：精美的宴席。②羌戎：古时对西北少数民族的通称。③雷：同"擂"。

【译文】野外的营帐里摆开了丰盛的宴席，羌戎前来祝贺将士们凯旋。将士们醉后身着铠甲起舞，擂鼓声震动了山川。

李 益

李益（约748—829），字君虞，陇西姑臧（今甘肃省武威市）人。大历四年（769）中进士第，初授华州郑县尉，又任华州主簿，转侍御史。后因仕途失意，客游燕赵。贞元十三年（797）任幽州节度使刘济从事。十六年南游扬州等地。宪宗朝入为都官郎中，历秘书少监、集贤学士、散骑常侍、太子宾客等。文宗大和初，以礼部尚书致仕。他的诗名很早就传扬开来，尤以边塞诗流传最广，其中以七绝冠绝当世，几可与盛唐王昌龄媲美。

喜见外弟又言别①

十年离乱后，长大一相逢。问姓惊初见，称名忆旧容。

别来沧海事②，语罢暮天钟。明日巴陵道③，秋山又几重。

注释 ①外弟：表弟。②沧海：比喻世事的巨大变化。③巴陵：今湖南省岳阳市。

译文 经过十年的离乱，长大后在异地相逢。第一次见面，听到你的姓氏让我很惊讶，说起名字时想起你小时候的样子。分别之后经历了许多事情，直到晚钟的声音传来才结束谈话。明天你要去巴陵了，秋山添愁不知又隔几重。

夜上受降城闻笛

回乐峰前沙似雪，受降城外月如霜。不知何处吹芦管①，一夜征人尽望乡②。

注释 ①芦管：指芦笛。②征人：戍边的将士。尽：全。

译文 回乐峰前的沙地白得像雪，受降城外的月光像冰霜一样。不知道哪里吹起了芦笛，使得戍边的将士们整夜思念着家乡。

从军北征

天山雪后海风寒，横笛遍吹行路难①。碛里征人三十万②，一时回首月中看。

注释 ①行路难：乐府曲调名，内容多是描写旅途的辛苦和离别的悲伤。②碛：沙漠。这里指边关。

译文 天山一场大雪后，从青海湖吹来的风更加寒冷，战士吹起了笛曲《行路难》。驻守边关的三十万将士心生思乡之情，都抬头望着天上的明月。

汴河曲①

汴水东流无限春，隋家宫阙已成尘②。行人莫上长堤望③，风起杨花愁杀人。

注释 ①汴河：隋炀帝时，发动百万人开凿的通济渠。②隋家宫阙：特指汴河边的隋炀帝行宫。③

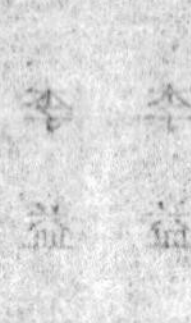

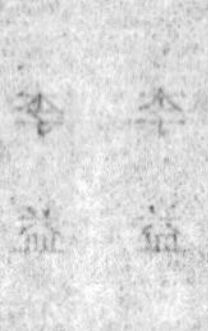

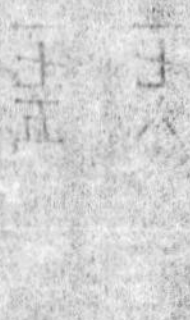

行人：过路人。

汴河水悠悠向东流去，两岸一片美好春光，隋家宫殿如今已变成一片废墟。过路的行人不要在长堤上眺望，随风飘起的杨花更添许多的忧愁。

江南曲

嫁得瞿塘贾①，朝朝误妾期。早知潮有信②，嫁与弄潮儿。

①贾：商人。②潮有信：潮水涨落有一定的时间，叫『潮信』。

我嫁给一个瞿塘商人，他常常延误约定的归期。早知潮水涨落定时守信，不如嫁给随潮来去的健儿。

写情

水纹珍簟思悠悠①，千里佳期一夕休②。从此无心爱良夜，任他明月下西楼③。

①水纹珍簟：精美的卧席。悠悠：漫长，遥远。『水纹』句写独宿无眠，回忆往事。②佳期：指和对方约定欢会的日期。『千里』句是说，由于风云突变，千里佳期一下子破灭了。③『从此』两句说：从今以后再也无心欣赏良辰美景。深刻地表达了失恋的悲哀。

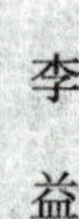躺在花纹如水纹般的精致竹席上，思绪悠悠，难以入睡。原本约定千里相聚的约会，一下子破灭了。从此即便是良辰美景也不再有心欣赏。任凭那一轮明月缓缓落下西楼。

孟郊

孟郊（751—814），字东野，湖州武康（今浙江德清）人。早年困顿，曾经漫游湖北、湖南、广西等地，流寓苏州。屡试不第。46岁才中进士，50岁任溧阳尉，因吟诗荒废政务，被罚没半年俸禄。河南尹郑余庆起用他为水陆转运判官，定居洛阳。郑余庆移镇兴元，任命他为参军。郑应邀前往，在阌乡（今河南灵宝）暴疾而亡。他属苦吟诗派，作诗苦心孤诣，多穷愁之词，即苏轼所谓『诗从肺腑出，出辄愁肺腑』。

归信吟

泪墨洒为书，将寄万里亲。书去魂亦去，兀然空一身。

墨泪混合写成一纸书信，遥寄万里之外的家人。信寄出去了心好像也尾随而去，只留下一副没有思想的躯壳。

游子吟①

慈母手中线，游子身上衣。临行密密缝，意恐迟迟归。谁言寸草心②，报得三春晖③？

①游子吟：游子，客游在外的人。吟，诗体名。《文体明辨》：『吁嗟慨歌，悲忧深思，以呻其郁者曰吟。』②寸草心：小草之心。参语译。③三春晖：春日的阳光。春季分为孟春、仲春、季春，合称三春。

慈母手中的针线，化作了游子身上征途的衣。临行前，您将针脚儿密密地缝，只担心，孩儿此去，久久不能归。儿心如同那小小的草，怎报得，慈母恩德，常与春阳同光辉。

登科后

昔日龌龊不足夸①，今朝放荡思无涯②。春风得意马蹄疾，一日看尽长安花。

①龌龊：原意是肮脏，这里指不如意的处境。②放荡：自由自在。

过去不如意的处境再也不值得一提，如今考取了进士，自由自在心中无比畅快。我骑着马奔驰在春花烂漫的长安大道上，感觉今天的马蹄格外轻快，一天的时间就看完了长安所有的花朵。

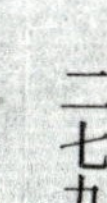

杨巨源

杨巨源（约755—？），字景山，后改名巨济，河中（今山西永济）人。贞元五年（789）中进士，起初为河中节度使张弘靖的从事，由秘书郎擢太常博士，迁礼部员外郎，出为凤翔少尹，后召回京城授国子司业。长庆四年（824）辞官，执政请他做河中少尹，食其禄终身。

城东早春

诗家清景在新春①，绿柳才黄半未匀。若待上林花似锦②，出门俱是看花人。

①诗家：诗人。②上林：即上林苑，故址在今陕西西安市西，建于秦代，汉武帝时加以扩充，为汉宫苑。诗中用来代指唐朝京城长安。

诗人最喜爱的清新美景正在早春，柳树刚冒出新芽，叶子有绿有黄还不匀称。如果等到长安繁花似锦、郊外游人如织之时，景色岂不是毫无新鲜之感。

贾岛

贾岛（779—843），字阆仙，范阳（今北京附近）人。早年出家为僧，法名无本。元和五年（810）冬，

到长安，见张籍。第二年春天，至洛阳，开始投诗干谒韩愈，最终得到了韩愈的赏识。后还俗，然而屡试不第，被讥为科场『十恶』。文宗开成二年被排挤，贬为遂州长江主簿。后迁普州司仓参军，死于任所。其为诗多描摹风物，抒写闲情，诗境平淡，而造语费力，为苦吟派诗人的代表，和孟郊并称『郊寒岛瘦』。

寻隐者不遇

松下问童子，言师采药去。只在此山中，云深不知处。

译文　我在松树下面问童子，他说老师采药进了山。只知道就在这座山中，却说不清究竟在哪里。

剑　客

十年磨一剑，霜刃未曾试①。今日把示君②，谁有不平事？

注释　①霜刃：指宝剑寒光闪闪，剑刃白如霜。②把：拿出。

译文　花了十年的时间磨出了一把宝剑，剑刃锋利无比，还没有试过锋芒。今天把剑拿来给你看看，告诉我，谁有冤屈不平的事？

题诗后

二句三年得，一吟双泪流①。知音如不赏②，归卧故山秋。

注释　①吟：读。②知音：了解自己的朋友。赏：欣赏。

译文　这两句诗我琢磨了三年才写好，一读起就忍不住流下眼泪。如果好朋友都不欣赏这诗，我只好回到过去住过的山里睡觉，再也不写诗了。

题李凝幽居

闲居少邻并，草径入荒园。鸟宿池边树，僧敲月下门。
过桥分野色，移石动云根。暂去还来此，幽期不负言。

译文　周围无近邻，一条小径伸至荒芜的庭院里。鸟儿在池边的树上沉睡；一位老僧月夜来访，叩响了大门。桥两侧色彩斑斓的原野好像被桥分成了两半；晚风轻拂，云脚飘移，仿佛山石在移动。我暂时离去，不久当重来，不负共同归隐的约期。

崔　护

崔护（？—831），字殷功，博陵（令河北定县）人。贞元十二年（796）进士及第。大和三年（829）为京兆尹，同年为御史大夫、岭南节度使。其诗精练婉丽，语极清新。

题都城南庄

去年今日此门中，人面桃花相映红①。人面不知何处去，桃花依旧笑春风②。

①人面：姑娘的脸。第三句中「人面」指代姑娘。②笑：形容桃花盛开的样子。

去年的今天，在这长安南庄的一户人家门口，姑娘美丽的面庞和盛开的桃花互相映衬。今年的此日，那含羞的面庞不知去哪里了，满树桃花依然含笑盛开在和煦春风中。

权德舆

权德舆（759—818），字载之，天水略阳（今甘肃秦安）人。幼颖悟，四岁能诗，十五岁时为文数百篇。德宗时，召为太常博士，改左补阙，迁起居舍人、知制诰，进中书舍人。宪宗时，拜礼部尚书、同中书门下平章事，后徙刑部尚书，复以检校吏部尚书出为山南西道节度使。卒谥文，后人称为『权文公』。以文章著称，是中唐台阁体的重要作家。有《权载之文集》五十卷。

岭上逢久别者又别①

十年曾一别，征路此相逢②。马首向何处③？夕阳千万峰。

①岭：山岭。②征路：旅途。③马首：马头，这里指旅程的方向。

译文
十年前我们曾经分别，今天在旅途中偶然相遇。马头朝着哪个方向呢？又要分别了，夕阳斜照着千山万峰。

常建

常建，生卒年不详，玄宗开元十五（727）年进士。但仕途并不如意，一生浪迹山水，以琴酒自娱，最后移家隐居鄂渚。其诗多写山水田园，意境深远，盛唐人对其诗评价甚高。

题破山寺后禅院

清晨入古寺，初日照高林。曲径通幽处①，禅房花木深。
山光悦鸟性，潭影空人心。万籁此俱寂②，但余钟磬音③。

①曲：曲折。②万籁：各种声音。俱：都。③磬：古代的一种打击乐器。

译文
清晨，我在古老的寺院散步，初升的太阳照耀着高高的树木。一条曲折的小路通向幽静的地方，禅房掩映在花草丛中。美丽的山色使鸟儿欢快高兴，潭水中的倒影使人心境空灵。此时大自然的各种声音都

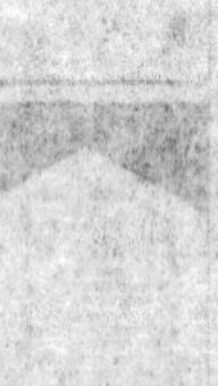

一片寂静，只有寺庙钟磬的声音在林中回荡。

宿王昌龄隐居

清溪深不测，隐处惟孤云①。松际露微月，清光犹为君。
茅亭宿花影，药院滋苔纹②。余亦谢时去③，西山鸾鹤群④。

注释 ①惟：只有。②兹：生长着。③谢时：辞去世俗之累。④群：与……为伍。

译文 清溪的水深不可测，隐居的地方只有一片白云。松林间微微露出点月光，清亮的光辉就像是为你发出。茅亭外的花影像睡着了一样，种药的院子生长着青苔。我也要辞去世俗之累去隐居，到西山与鸾鹤一起做伴。

武元衡

武元衡（约758—815），字伯苍。缑氏（今河南偃师）人。德宗建中四年（783）登进士第，累辟使府，至监察御史，后改华原县令。德宗知道他有才华，召他做了比部员外郎，年内三迁至右司郎中，不久又提升为御史中丞。顺宗时期，罢免为右庶子。宪宗即位，恢复以前官位，升户部侍郎。元和二年（807）正月，拜门下侍郎平章事。十月封临淮郡公，出为剑南西川节度使。元和八年（813）奉召回京，再次为相。因力主削

藩，遭人嫉恨。元和十年（815）六月三日早朝，淄青节度使李师道遣刺客将他暗杀。

春兴

杨柳阴阴细雨晴，残花落尽见流莺。春风一夜吹乡梦，又逐春风到洛城。

细雨过后，杨柳的颜色已经由嫩绿转变为翠绿，枝头花朵凋尽，露出了啼鸣不止的黄莺。一夜春风唤起了人的乡思之情，而这乡思之情又随着春风回到了洛阳城。

张籍

张籍（766—830？），字文昌，祖籍吴郡（今江苏苏州），后移居和州（今安徽和县）。唐德宗贞元十五年（799）登进士第。历任太常寺太祝、水部员外郎、主客郎中、国子司业等职。世称『张水部』或『张司业』。曾从学于韩愈，世称韩门弟子。其乐府诗主要反映社会现实，多用口语，平易自然，与王建齐名，并称『张王乐府』。绝句清新自然，风神秀朗。有《张司业集》。

没蕃故人

前年伐月支①，城下没全师②。蕃汉断消息，死生长别离。

无人收废帐③，归马识残旗。欲祭疑君在，天涯哭此时。

注释 ①伐：指出征。月支：西域国名，此代吐蕃。②没：覆没。全师：全军。③废帐：遗弃的帐篷。

译文 前年，你去戍守月支，却全军覆没在城下。从此，蕃汉断绝了消息，我与你，便永久别离。没有人去收拾废弃的营帐，只有归来的战马，认得残破战旗。想祭奠你，却疑心你还活着，此时，我只能朝着天边哭泣！

节妇吟

君知妾有夫，赠妾双明珠。感君缠绵意，系在红罗襦①。妾家高楼连苑起，良人执戟明光里②。

知君用心如日月，事夫誓拟同生死。还君明珠双泪垂，恨不相逢未嫁时。

①襦：短衣，短袄。②明光：指汉代明光殿。泛指宫殿。

译文 君子你知道我是有夫之妇，却赠给我一双明珠。十分感念你缠绵的情意，就把明珠系在红罗襦上。我家高楼苑囿一排排，丈夫是守卫皇宫的大将。知道你的用心有如日月，但我已经发誓要和丈夫同生共死。奉还你的明珠，双眼泪涟涟，恨没能在未出嫁前与你相逢。

王　建

王建（约766—831），字仲初，颍川（今河南许昌）人。大历十年进士。早年曾寓居魏州乡间。贞元年间离家从军，曾北至幽州，南抵荆州。元和中任昭应县丞。后任太府寺丞、秘书郎，迁侍御史。太和中，出京任陕州司马，转任光州刺史。与张籍『年状皆齐』，又是诗友，时称『张王』，都是元白新乐府运动的先导。他继承古乐府『哀时托兴』的精神，去除糟粕，求取情实，自立新题，体现了诗歌为时为事而作的宗旨。

望行人

自从江树秋，日日望江楼。梦见离珠浦，书来在桂州。

不同鱼比目，终恨水分流。久不开明镜，多应是白头。

自从江边的树叶被秋风吹黄后，天天登上江边的高楼远望。梦见郎君经商离开珠浦，书信前来却说在桂州。不能像比目鱼那样常相聚，最怕见到流水分开各自远去。很久没有打开明镜来照看了，想来多半应该是头白发疏。

十五夜望月①

中庭地白树栖鸦②，冷露无声湿桂花。今夜月明人尽望，不知秋思落谁家？

①十五夜：指中秋节的夜晚。②栖：休息。

月光朗照在庭院中，地上就像铺了层白霜，树上栖息着乌鸦，寒冷的秋露悄悄地打湿了桂花。人们都在仰望今晚明亮的月亮，不知道秋天的情思会落到哪家？

薛涛

薛涛（768—832），字洪度。原本是长安良家女子，跟随父亲入蜀，父亲死后，流落蜀中。八九岁就能作诗，父死家贫，十六岁入乐籍，脱乐籍后终身未嫁。韦皋镇守蜀地，召薛涛侍酒赋诗，称她为女校书。薛涛出入幕府，曾在十一镇做事，都以诗作闻名，晚年居浣花溪。通晓音律，擅长写诗填词，创制了『薛涛笺』。作诗无数，可惜未能流传下来。后世各家所依据的明本《薛涛诗》一卷，是从《万首唐人绝句》等选本中拼凑起来的。

送友人

水国蒹葭夜有霜，月寒山色共苍苍。谁言千里自今夕，离梦杳如关塞长。

译文

水边的蒹葭在夜里披上了层层白霜，月色中的远山显得无边无际。谁说从今夜开始千里相隔？你我虽分别，心却相系，只是关塞遥远，梦魂难达，何况连梦也来不及做。

刘禹锡

刘禹锡（772—842），字梦得，彭城（今江苏徐州）人。贞元九年（793），擢进士第，登博学宏词科，授太子校书。后来进入淮南节度使幕府做书记，调补渭南主簿，升任监察御史。王叔文改革时，引荐他到官中，转任屯田员外郎，审判支盐铁案。改革失败后，刘禹锡被贬为连州刺史，后又贬为朗州司马。十年后才被召回长安，却又因诗作忤逆当权者，再次被贬为连州刺史。穆宗朝为夔州、和州刺史。文宗时任主客郎中，后出任苏州、汝州、同州刺史。开成元年（836），任太子宾客，分司东都。死后被追赠为户部尚书。刘禹锡早年与柳宗元齐名，世称『刘柳』；晚年与白居易唱和，世称『刘白』。有《刘梦得文集》传世。

石头城

山围故国周遭在，潮打空城寂寞回。淮水东边旧时月，夜深还过女墙来。

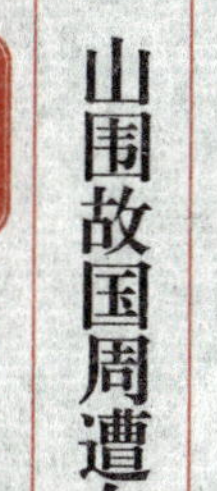

围绕在石头城四周的山依然如故，潮水拍打着空城，又寂寞地退去。旧时的月亮依旧从秦淮河

东边升起，夜深时月光还照过那城头的矮墙。

蜀先主庙

天地英雄气，千秋尚凛然。势分三足鼎，业复五铢钱①。

得相能开国，生儿不象贤②。凄凉蜀故妓，来舞魏宫前③。

注释 ①『业复』句：王莽篡汉后曾废汉币五铢钱，至光武帝时得以恢复。这里指匡复汉室。②儿：指刘弹。③『凄凉』两句：蜀汉降魏后，刘禅迁至洛阳，被封为安乐公。一天，魏太尉司马昭宴请他，让蜀国女乐在他面前歌舞，以看他的反应，当时蜀国旧臣都感伤不已，只有刘禅嬉笑自若。

译文 刘备的英雄气概，顶天立地，几百年了，威风到现在都还在。三分天下，成就鼎足之势，立誓要匡复汉室基业。得到贤相的辅佐，开创蜀国，有子阿斗，却不是圣贤。凄凉啊，蜀汉宫廷的歌妓，如今却欢舞在魏王宫殿前。

西塞山怀古

王濬楼船下益州①，金陵王气黯然收②。千寻铁锁沉江底，一片降幡出石头③。

人世几回伤往事，山形依旧枕寒流。今逢四海为家日，故垒萧萧芦荻秋④。

注释 ①王濬（jùn）：西晋时期著名将领。②金陵：今江苏南京，三国时吴国建都于此。③石头：石头城，故址在今江苏南京清凉山，吴孙权时筑。④故垒：旧时的城垒。

译文 王濬的楼船从益州顺江东下，金陵的帝王瑞气黯然收聚。吴国的铁锁被烧沉江底，一面降旗悬挂上城头。人世几复兴亡，多少伤心往事，西塞山却依旧枕着江流。如今天下太平四海一家，秋风中旧垒萧瑟长满芦荻。

酬乐天扬州初逢席上见赠①

巴山楚水凄凉地②，二十三年弃置身③。怀旧空吟闻笛赋④，到乡翻似烂柯人⑤。

沉舟侧畔千帆过⑥，病树前头万木春。今日听君歌一曲，暂凭杯酒长精神。

注释 ①乐天：指诗人白居易。②巴山楚水：指诗人被贬的地方。③弃置：抛弃，搁置。④闻笛赋：指西晋向秀的《思旧赋》。⑤翻：反而。烂柯人：指晋人王质。⑥侧畔：旁边。

译文 巴山楚水一片凄凉，我被贬在那里度过了二十三年。怀念好友只能吟诵《思旧赋》，回到家乡反而无人相识，一切物是人非。沉船旁边千帆竞渡，病树前头万木争春。今天听到你为我作的诗，暂且凭借这杯酒振奋精神。

秋风引

何处秋风至①？萧萧送雁群。朝来入庭树，孤客最先闻②。

注释 ①至：到。②孤客：孤独的异乡人。闻：听到。

译文 不知从哪里吹来了秋风，在萧萧的秋风中送走了雁群。早晨的秋风吹动着庭院的树木，孤独的异乡人最先听到这风声。

春词

新妆宜面下朱楼①，深锁春光一院愁。行到中庭数花朵，蜻蜓飞上玉搔头②。

注释 ①宜面：脂粉和脸色匀称。②玉搔头：头上的玉簪，可以用来搔头。

译文 宫女打扮一新后走下红楼，春光如此美好，却被锁在深深的庭院中，满心忧愁。走到院子中数着花朵解闷，却不知道蜻蜓停在了玉簪上头。

乌衣巷

朱雀桥边野草花，乌衣巷口夕阳斜。旧时王谢堂前燕①，飞入寻常百姓家②。

注释 ①王谢：指晋代的豪门望族王导、谢安。②寻常：平常。

译文 朱雀桥边长满野花野草，乌衣巷口夕阳斜照。当年豪门屋檐下的燕子，如今已飞进普通百姓的家。

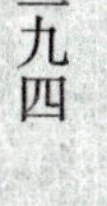

竹枝词

杨柳青青江水平，闻郎江上唱歌声①。东边日出西边雨，道是无晴却有晴②。

注释 ①唱歌：指『踏歌』，唱歌时以脚踏地为节拍。②晴：与『情』谐音。

译文 江边的杨柳青青，水面一片平静，忽然听到江上小伙唱歌的声音。东边出了太阳，西边下着雨，说是无晴（情），却是有晴（情）。

秋词

自古逢秋悲寂寥①，我言秋日胜春朝。晴空一鹤排云上②，便引诗情到碧霄③。

注释 ①寂寥：萧条空寂。②排：推开。③碧霄：青天。

译文 自古以来，每逢秋天人们就悲叹萧条空寂，我要说秋天更胜过春天。晴朗的天空一只鹤推开云层飞上天空，我的诗情也随它飞到青天。

望洞庭

湖光秋月两相和①，潭面无风镜未磨②。遥望洞庭山水色，白银盘里一青螺。

注释 ①和：和谐，融合。②镜未磨：没有打磨过的镜子。

译文 洞庭湖水和秋月的光辉互相融合，湖面一片平静就像还未打磨的镜子。远远望着洞庭湖的山水风光，好似洁白的银盘里放着的一只青色的田螺。

白居易

白居易（约772—846），字乐天，号香山居士，下邽（今陕西渭南）人。贞元十六年考取进士，授秘书省校书郎。元和年间曾担任翰林学士、左拾遗，拜赞善大夫。后因上书发表议论得罪朝廷权贵，被贬为江州司马，后迁忠州刺史。唐穆宗初年，被任命为主客郎中、知制诰。后上书请求到外地任职，先后任杭州、苏州刺史。唐文宗即位后，受秘书监诏命，升任为刑部侍郎，后官至刑部尚书。晚年信佛，定居于洛阳。他常与元稹吟诗作赋，唱和往来，世称『元白』；与刘禹锡亦有诗作相酬咏，世称『刘白』。

赋得古原草送别

离离原上草，一岁一枯荣。野火烧不尽，春风吹又生。

远芳侵古道，晴翠接荒城。又送王孙去，萋萋满别情。

译文 古原上的野草繁密茂盛，每年一度枯萎一度繁荣。任凭野火焚烧也烧不尽，春风吹来又蓬勃地滋生。远处的芳草侵伸向古道，翠绿的草色连接着荒城。在此又送他乡游子远去，萋萋的芳草也充满别情。

自河南经乱

自河南经乱，关内阻饥，兄弟离散，各在一处。因望月有感，聊书所怀，寄上浮梁大兄、于潜七兄、乌江十五兄，兼示符离及下邽弟妹①。

时难年荒世业空，弟兄羁旅各西东。田园寥落干戈后，骨肉流离道路中。

吊影分为千里雁，辞根散作九秋蓬。共看明月应垂泪，一夜乡心五处同。

注释 ①下邽（guī）：地名，在今陕西渭南。

译文 家业在灾年中荡然一空，兄弟分散各自你西我东。战乱过后田园荒芜寥落，骨肉逃散在异乡道路中。吊影伤情好像离群孤雁，漂泊无踪如断根的秋蓬。同看明月都该伤心落泪，一夜思乡心情五地相同。

买花

帝城春欲暮，喧喧车马度。共道牡丹时，相随买花去。贵贱无常价，酬值看花数。灼灼百朵红，戋戋五束素。上张幄幕庇，旁织笆篱护。水洒复泥封，移来色如故。家家习为俗，人人迷不悟。有一

田舍翁，偶来买花处。低头独长叹，此叹无人谕。一丛深色花，十户中人赋。

译文 京城的春天就要结束，大街小巷车马川流不息、喧闹不已。都说是正值牡丹开放，于是前呼后拥去买花。价钱贵贱并不固定，还价时还要看买多少朵。鲜艳的红花一百朵，价值二十五匹帛。花的上空支起帷幕、四周竖起篱笆，以此遮盖、庇护。给花洒上水，给根封上泥，即使移栽后颜色依旧如初。家家流行弄花，人人执迷不悟。一个种田的老汉偶然来到买花的地方，不禁垂头长叹，这叹息的含义无人能懂。一丛鲜艳的牡丹花，价钱与十户中等人家的赋税相同。

卖炭翁

卖炭翁，伐薪烧炭南山中。满面尘灰烟火色，两鬓苍苍十指黑。卖炭得钱何所营？身上衣裳口中食。可怜身上衣正单，心忧炭贱愿天寒。夜来城外一尺雪，晓驾炭车辗冰辙。牛困人饥日已高，市南门外泥中歇。翩翩两骑来是谁？黄衣使者白衫儿。手把文书口称敕，回车叱牛牵向北。一车炭，千余斤，宫使驱将惜不得。半匹红纱一丈绫，系向牛头充炭直。

译文 有个卖炭的老翁，成年在终南山砍柴烧炭。他满面灰尘，显出被烟熏火燎的颜色，双鬓斑白，十指乌黑。卖炭后得到钱怎么用？买衣裳和食物。天气酷寒，可怜他身上的衣服如此单薄，但他担心炭的价钱便宜，盼望天气再冷一些。夜里城外下了一尺厚的大雪，清晨，老翁驾着炭车轧在冰冻的车辙上赶路进城卖炭。牛疲惫不堪，人也饥饿难耐，太阳已经升得很高，老翁就在集市南门外的泥泞处休息。这时两个人骑马翩翩而来，他们是谁？穿黄衣服的是太监，穿白衣服的是差役。他们手持公文，说是奉了皇帝的命令，然后拉转车头，呵斥牛向北拉车。一车炭，一千多斤，太监差役硬是要拉走，老翁舍不得，却也无可奈何。那些人将半匹红绡和一丈绫挂在牛头上，充当炭的价钱。

长恨歌

汉皇重色思倾国①，御宇多年求不得②。杨家有女初长成，养在深闺人未识。天生丽质难自弃，一朝选在君王侧。回眸一笑百媚生，六宫粉黛无颜色。春寒赐浴华清池，温泉水滑洗凝脂。侍儿扶起娇无力，始是新承恩泽时。云鬓花颜金步摇，芙蓉帐暖度春宵。春宵苦短日高起，从此君王不早朝。承欢侍宴无闲暇，春从春游夜专夜。后宫佳丽三千人，三千宠爱在一身。金屋妆成娇侍夜，玉楼宴罢醉和春③。姊妹弟兄皆列土④，可怜光彩生门户。遂令天下父母心，不重生男重生女。骊宫高处入青云，仙乐风飘处处闻。缓歌慢舞凝丝竹⑤，尽日君王看不足。渔阳鼙鼓动地来⑥，惊破霓裳羽衣曲。九重城阙烟尘生，千乘万骑西南行。翠华摇摇行复止⑦，西出都门百余里。六军不发无奈何，宛转蛾眉马

前死。花钿委地无人收⑧，翠翘金雀玉搔头⑨。君王掩面救不得，回看血泪相和流。黄埃散漫风萧索，云栈萦纡登剑阁⑩。峨嵋山下少人行，旌旗无光日色薄。蜀江水碧蜀山青，圣主朝朝暮暮情。行宫见月伤心色，夜雨闻铃肠断声。天旋地转回龙驭⑪，到此踌躇不能去。马嵬坡下泥土中，不见玉颜空死处。君臣相顾尽沾衣，东望都门信马归⑫。归来池苑皆依旧，太液芙蓉未央柳⑬。芙蓉如面柳如眉，对此如何不泪垂。春风桃李花开日，秋雨梧桐叶落时。西宫南内多秋草，落叶满阶红不扫。梨园弟子白发新，椒房阿监青娥老⑭。夕殿萤飞思悄然，孤灯挑尽未成眠。迟迟钟鼓初长夜，耿耿星河欲曙天。鸳鸯瓦冷霜华重，翡翠衾寒谁与共。悠悠生死别经年，魂魄不曾来入梦。临邛道士鸿都客⑮，能以精诚致魂魄⑯。为感君王展转思，遂教方士殷勤觅⑰。排空驭气奔如电，升天入地求之遍。上穷碧落下黄泉，两处茫茫皆不见。忽闻海上有仙山，山在虚无缥缈间。楼阁玲珑五云起，其中绰约多仙子。中有一人字太真⑱，雪肤花貌参差是。金阙西厢叩玉扃⑲，转教小玉报双成⑳。闻道汉家天子使，九华帐里梦魂惊。揽衣推枕起徘徊，珠箔银屏迤逦开㉑。云鬓半偏新睡觉㉒，花冠不整下堂来。风吹仙袂飘飘举㉓，犹似霓裳羽衣舞。玉容寂寞泪阑干㉔，梨花一枝春带雨。含情凝睇谢君王㉕，一别音容两渺茫。昭阳殿里恩爱绝，蓬莱宫中日月长。回头下望人寰处，不见长安见尘雾。唯将旧物表深情，钿合金钗寄将去。

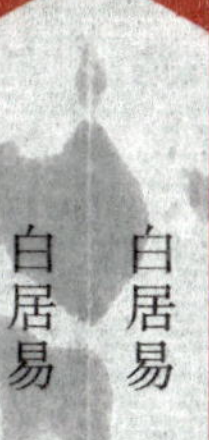

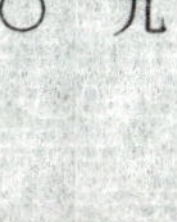

钗留一股合一扇，钗擘黄金合分钿。但教心似金钿坚，天上人间会相见。临别殷勤重寄词，词中有誓两心知。七月七日长生殿，夜半无人私语时。在天愿作比翼鸟，在地愿为连理枝。天长地久有时尽，此恨绵绵无绝期。

注释

①汉皇：指唐玄宗。②御宇：统御天下。③醉和春：醉意伴随着春意。④列土：分封领地。⑤凝丝竹：喻歌舞紧扣音乐声。⑥『渔阳』句：指安禄山在渔阳起兵叛乱。鼙（pí）鼓，中国古代军队中用的小鼓。⑦翠华：皇帝仪仗中用翠鸟羽毛作装饰的旗帜。⑧化钿（diàn）：花朵形首饰。⑨翠翘、金雀、玉搔头：均是杨贵妃所佩带的钗簪。⑩云栈（zhàn）：高入云霄的栈道。剑阁：在今四川剑阁县东北大剑山、小剑山之间，为由陕入川的必经之路。⑪『天旋』句：指局势转变，玄宗还京。龙驭（yù），皇帝的车驾。⑫信马归：任马驰骋而归。⑬太液：太液池。未央：未央宫。⑭椒房：后妃们住的地方。阿监：指宫中女官。⑮『临邛（qióng）』句：意谓来自蜀中，作客长安的道士。临邛，今四川邛崃。鸿都，汉宫门名，此指长安。⑯致魂魄：将灵魂招来。⑰方士：有道术的人。⑱太真：杨贵妃为女道士时号太真。⑲扃（jiōng）：门户。⑳转教：指请侍女通报。小玉、双成：指太真侍女。㉑珠箔：珠帘。迤逦开：谓层层敞开。㉒新睡觉：刚睡醒。㉓袂（mèi）：衣袖。㉔阑干：形容泪水横流的样子。㉕凝睇（dì）：凝视。

译文

明皇风流爱美女，一心向往绝代艳；君临四海虽多年，八方寻求惜未能。杨家有女名玉环，豆蔻年华初长成；闺阁绣房深深藏，不将玉貌轻示人。丽质既天生，怎甘自埋沉；一朝幸运至，得侍君王身。回头转眸方一笑，百媚千娇盈盈生，六宫妃嫔尽失色。春气寒，温泉暖，赐浴华清池水芬；水泉柔滑肌肤白，轻轻流过玉脂身。两旁侍儿来扶起，娇慵无力倍添春；风流君王初召见，步步含羞来承恩。鬓如云，颜如花，金钗一步一动摇；芙蓉帐，鸳鸯枕，千金一刻度春宵。春宵恨太短，已见红日高；从此君王心，昏昏不早朝。欢娱宴乐相奉侍，日去月来未辞劳；春游随车复随舟，夜眠专宠自专枕；可怜后宫美人如云称三千，唯见三千宠爱聚一身。金屋藏娇深深处，妆成待君明月夜；玉楼宴开迟迟散，贵妃醉酒气如春。爱屋及乌颁恩赏，姐妹兄弟皆封侯；杨氏一门天下羡，熠熠光彩生门户。遂使天下父母之心尽颠倒，常叹生男不如生女好。骊山锦绣长安东，山顶行宫入青云；云际歌吹似仙乐，随风飘落处处闻。贵妃轻歌复曼舞，丝弦管竹相融合；君王沉醉日夜看，夜夜日日看不足。蓦地渔阳胡骑来，鼙鼓动地势破竹；烽烟飞传骊山宫，惊破《霓裳羽衣曲》。长安宫阙连天上，忽见处处起烟尘；千车万马出都城，君臣奔蜀西南行。翠羽仪仗惊摇摇，行行止止复停停；西出都门百余里，马嵬坡前军变生。六军不进讨杨氏，明皇无计平军心；一丈白绫诏赐死，芳魂悠悠升天庭。金花钿饰玉搔头，翠鸟金雀相连勾；人去物在空洒落，忍见遍地无人收。君王掩面泣，欲救未能救；行行更回马，

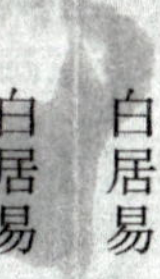
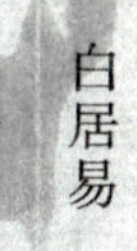
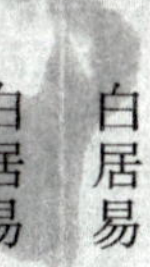
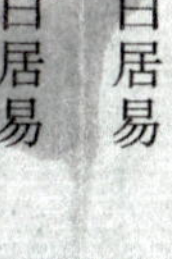
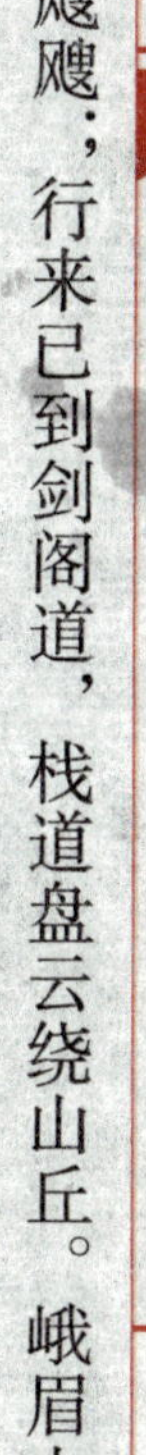

白居易

血泪相和流。黄尘伴愁思，萧瑟风飕飕；行来已到剑阁道，栈道盘云绕山丘。峨眉山下行人少，蛾眉一去何处招？旌旗恹恹卷不起，月色黯黯惨不骄。蜀江水碧蜀山青，江流绕山声呜咽；水碧山青何处尽，圣主朝朝暮暮情。明月惨淡伤心白，行宫见月伤心人；霖霖夜雨传金铃，句句敲出断肠声。天旋地转乱军平，圣主返驾回龙驭；行到贵妃赐死处，徘徊踌躇不忍去。马嵬坡下泥土中，玉殒香消今何处？今何处，今何处，不见佳人空见土。君臣相望皆掩泣，无语垂泪尽沾衣；东望长安向都门，恹恹无绪信马归。归来临池苑，池苑皆依旧；太液池中芙蓉盛，未央宫前杨柳春。芙蓉朵朵映玉颜，柳色叶叶似画眉；朵朵叶叶忆当时，对此如何不泪垂？春风开桃李，秋雨落梧桐，春去秋来开复落，年年相思年年同。南苑西宫两移居，上皇退位对秋草；满阶落叶点点黄，遍地花红恹不扫。梨园子弟昔教授，白发新生不复娇；椒房女官曾侍宴，青春已去红颜老。黄昏流萤绕空殿，萤光一点思悄然；寒夜孤灯对独影，孤灯挑尽不成眠。更楼钟鼓报初更，迟迟似诉夜渐深；银河星光到曙天，天光转明愁转新。忍见对合鸳鸯瓦，霜压鸳鸯一重重；空怜双绣翡翠被，雌飞雄在谁与共。悠悠生死永相阻，一别春夏复秋冬；朝朝夜夜长相望，魂魄未曾来入梦。临邛有道士，来游长安城；道术称精诚，自言能招魂。愿解辗转思，以慰君王心；奉旨寻贵妃，仔细慎莫轻。腾青云啊乘长风，去来倏忽疾如电；既升天啊复入地，六合四方求之遍。升天直出九霄外，入地直追九重泉；长天无际地无底，天地茫茫皆不见。

山重水复疑无路，忽闻海上仙山起；海上波涛连天涌，山在虚无缥缈间。仙山楼阁皆玲珑，五云浮绕彩霞飞；楼阁仙子多绰约，仪态娴雅复万千。中有一人字太真，众芳队里更超群；肌如白雪颜胜花，仿佛玉环是前身。道士浮海赴金城，西厢房前叩玉扃；仙婢闻声来相讯，先报小玉转双成。闻说君王遣使来，太真仙子梦魂惊；九华宝帐光熠熠，更疑是梦复是醒。揽衣匆匆著，推枕起徘徊，珠帘银屏遮重重，重重帷屏相连开。发髻如云散，半挽带睡态，花冠未及整，匆匆下堂来。风吹仙袖举，飘飘如云霭，恍惚当年事，《霓裳羽衣》回。玉容惨淡意寂寞，玉泪纵横流如注，容颜泪湿娇无比，仿佛梨花春带雨。太真收泪对使者，含情凝眸谢君王；自从马嵬一别后，笑貌音容两渺茫。人间迢迢昭阳殿，仙境杳杳蓬莱宫。人间恩爱忍断绝，仙境幽独日月长。回首更下望，何处是人寰，长安看不见，空见烟雾堆。唯将旧时物，来表深衷情，钿盒盛金钗，凭使相寄将。金钗本成双，钿盒两半装；钗留存一股，盒分留一爿。但愿心似钗钿相连金玉坚，天上人间相见毋相忘！使者受命行将去，太真殷殷重寄词；寄词隐誓言，悄悄两心知：七月七日夜，当年长生殿；相誓『在天愿作比翼鸟，在地愿为连理枝』。长生殿，长生殿，天长久，地长远；天老地荒有时尽，唯有此恨绵绵无绝期。

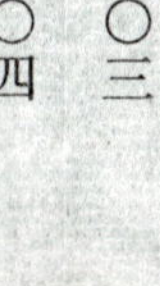

琵琶行并序

元和十年，予左迁九江郡司马。明年秋，送客湓浦口，闻舟中夜弹琵琶者。听其音，铮铮然有京都声。问其人，本长安倡女，尝学琵琶于穆、曹二善才。年长色衰，委身为贾人妇。遂命酒，使快弹数曲，曲罢悯然。自叙少小时欢乐事，今漂沦憔悴，转徙于江湖间。予出官二年恬然自安，感斯人言，是夕始觉有迁谪意，因为长句歌以赠之，凡六百一十六言，命曰《琵琶行》。

浔阳江头夜送客，枫叶荻花秋瑟瑟。主人下马客在船，举酒欲饮无管弦。醉不成欢惨将别，别时茫茫江浸月。忽闻水上琵琶声，主人忘归客不发。寻声暗问弹者谁，琵琶声停欲语迟[1]。移船相近邀相见，添酒回灯重开宴。千呼万唤始出来，犹抱琵琶半遮面。转轴拨弦三两声[2]，未成曲调先有情。弦弦掩抑声声思，似诉平生不得志。低眉信手续续弹，说尽心中无限事。轻拢慢捻抹复挑，初为《霓裳》后《六幺》[3]。大弦嘈嘈如急雨，小弦切切如私语[4]。嘈嘈切切错杂弹，大珠小珠落玉盘。间关莺语花底滑[5]，幽咽泉流冰下难。冰泉冷涩弦凝绝，凝绝不通声渐歇[6]。别有幽愁暗恨生，此时无声胜有声。银瓶乍破水浆迸，铁骑突出刀枪鸣[7]。曲终收拨当心画[8]，四弦一声如裂帛。东船西舫悄无言，唯见江心秋月白。沉吟放拨插弦中，整顿衣裳起敛容。自言本是京城女，家在虾蟆陵下住。十三学得琵琶成，名属教坊第一部。曲罢曾教善才伏[9]，妆成每被秋娘妒[10]。五陵年少争缠头[11]，一曲红绡不知数。钿头银篦击节碎[12]，血色罗裙翻酒污。今年欢笑复明年，秋月春风等闲度。弟走从军阿姨死，

暮去朝来颜色故⑬。门前冷落车马稀，老大嫁作商人妇。商人重利轻别离，前月浮梁买茶去⑭。去来江口守空船，绕船月明江水寒。夜深忽梦少年事，梦啼妆泪红阑干⑮。我闻琵琶已叹息，又闻此语重唧唧。同是天涯沦落人，相逢何必曾相识！我从去年辞帝京，谪居卧病浔阳城。浔阳地僻无音乐，终岁不闻丝竹声。住近湓江地低湿⑯，黄芦苦竹绕宅生。其间旦暮闻何物，杜鹃啼血猿哀鸣。春江花朝秋月夜，往往取酒还独倾⑰。岂无山歌与村笛，呕哑嘲哳难为听⑱。今夜闻君琵琶语，如听仙乐耳暂明。莫辞更坐弹一曲，为君翻作《琵琶行》。感我此言良久立，却坐促弦弦转急⑲。凄凄不似向前声，满座重闻皆掩泣。座中泣下谁最多，江州司马青衫湿⑳。

注释

①欲语迟：欲说还休。②转轴：转动琵琶上琴柱调音色。③《霓裳》：《霓裳羽衣曲》。《六幺》：曲名。④大弦、小弦：分别指琵琶上最粗的弦和最细的弦。⑤间关：象声词。形容宛转的鸟鸣声。⑥『冰泉』两句：意谓琵琶声好像水泉冷涩一样渐绥渐停，直至中断。⑦『银瓶』两句：形容琵琶声忽而铿然响起，如同银瓶迸裂水浆四溅，又如铁骑突出刀枪齐鸣。⑧拨：拨弦的用具。当心画：用拨当在琵琶的中心用力一划。⑨善才：善弹者。⑩秋娘：泛指歌妓。⑪缠头：唐时艺妓表演完毕，观者多以绫帛为赠，称为缠头。⑫『钿头』句：意谓欢乐时便以首饰击节打拍，以至于首饰常常断裂破碎。钿头银篦，两端镶有金玉花形的银篦子。⑬颜色故：姿容衰老。⑭浮梁：今江西景德镇市。⑮阑干：指泪水横流的样子。⑯湓（pén）江：在今江西瑞昌，临九江。⑰独倾：独酌。⑱呕哑嘲（zhāo）哳（zhā）：形容声音杂乱刺耳。⑲促弦：拧紧琴弦。⑳青衫：唐官员品级最低的服色。

译文

送客浔阳夜，江头望，枫叶暗，芦花白，萧瑟天气秋；下马登上行客船，举杯饮，惜无管弦能催酒。酒兴未畅欢难成，人不醉，起欲辞——茫茫江水浸月色，别绪一江愁。江上何来琵琶声？愁思去，主人竟忘归，行客更停舟。循清音，江上寻，暗中问：『弹者谁？』琵琶声暂歇，小舟中，欲语还迟迟；轻移客船傍小舟，殷勤邀相见，重开宴，美酒再斟灯还燃。招佳人，呼且唤，千万遍，来迟步姗姗；但见灯影下，抱琵琶，半将羞颜遮。转轴柱，拨丝弦，调音三两声，曲调犹未成，先见心中情。起手声声慢，弦弦婉转思，平生心事传，似诉不得志。柳眉低垂随手拨，声如流水续续弹，万千心事生腕底，翻成曲调情无限。拢捻抹挑千种技，《霓裳》曲尽继《六幺》。大弦嘈嘈急，骤雨击尘埃；小弦相和鸣，絮絮话呢喃。嘈嘈复絮絮，错杂相往回，恰似一斛明珠泻玉盘，大珠滚滚小珠溅。须臾曲转婉，黄莺花底啭，又变幽咽泉，依依下浅滩。水泉渐冷涩，丝弦似凝绝，凝绝更不鸣，空静声暂歇。暂歇别有韵，情恨幽幽生，幽情杳杳暗恨远，此时无声胜有声……蓦地银瓶裂，豁然水浆迸，顿时万马千军赴腕底，弦声齐作刀枪鸣。刀枪鸣处曲已终，收拨当中骤然划，四弦齐

作一声促，猝如玉手裂锦帛。东船悄无言，西舫静无声，袅袅余音逝江天，唯见江心秋月白。余音逝呵微沉吟，随手放拨插弦中。稍整身上衣，略敛矜持容。起身答主人：『妾身本是京城女，家在虾蟆陵，长安东南居，学成琵琶艺，年方十三春。宫中教坊称十部，名属第一自有声，一曲弹奏罢，乐师齐叹服；双面红装成，美人纷纷妒。五陵豪侠多少年，缠头彩礼争相送，未曾一曲弹奏竟，红绡绫帕不知数。玉饰金镶随手取，伴唱击节碎几多？罗裙猩红值千金，纵饮不计翻酒污。今年复明年，欢笑连歌舞，春风换秋月，抛掷等闲度。谁料阿弟从军阿姨死，乐极生悲家园破，家园破呵容颜故，朝去暮来谁人诉。门前冷清更寥落，非复车水与马龙，青春渐逝红颜老，无奈嫁作商人妇。商人重利轻别离，辗转漂泊未及顾，前月买茶去浮梁，九江两岸去来渡。去来渡呵妾身苦，浔阳江口守空船，绕船月光惨惨白，东去江水微微寒。夜深忽梦少年事，梦中啼泣更惊悟，任它流泪洗红装，遂抱琵琶寄情愫。』我闻琵琶声，叹息已频频，又闻佳人语，惋恨更深深。同是天涯沦落人，相逢何必曾相识。我自去年秋，负罪辞帝京，谪居赴南国，卧病浔阳城。浔阳地偏僻，谁解音和律，终年常寂寂，不闻丝竹声。住近湓江岸，地势更低湿，黄芦与苦竹，森森绕宅生。朝朝暮暮幽居闭塞何所听，唯闻杜鹃夜啼滴血猿哀鸣。更惧相对春江花朝秋月夜，唯有取酒浇愁往往独自倾。非无山歌声，伴奏有村笛，蛮语兼俗乐，嘈杂不堪听。今夜幸逢琵琶女，闻君江天琵琶声，荒郊不期遇仙乐，洗我心胸耳暂明。请君且莫辞，

还坐更奏曲，感君深深琵琶意，为君翻作《琵琶行》。琵琶女，感我言，无语沉思久久立，返身回座促弦柱，弦弦声声转更急。声凄凄，意迷迷，凄迷不同向前声。满座重倾听，泪下皆掩泣，泣下谁多青衫湿，江州司马白居易。

后宫词

泪湿罗巾梦不成，夜深前殿按歌声①。红颜未老恩先断，斜倚熏笼坐到明②。

注释 ①按歌声：打着拍子歌唱。②熏笼：香炉上的罩笼。

译文 泪水沾湿罗帕，不能入眠，夜深了，前殿还传来有节奏的歌声。容颜未老，恩宠已断，她斜靠熏笼，怔怔独坐到天明。

问刘十九

绿蚁新醅酒①，红泥小火炉。晚来天欲雪，能饮一杯无？

注释 ①绿蚁：指浮在新酿的没有过滤的米酒上的绿色泡沫。醅：没有过滤的酒。

译文 新酿的色绿香浓的米酒，烧得殷红的小小红泥炉。天快黑了，大雪就要来了，能不能一起喝杯酒呢？

遗爱寺①

弄石临溪坐②，寻花绕寺行。时时闻鸟语，处处是泉声。

注释 ①遗爱寺：位于庐山香炉峰下。②弄：在手里玩。临：挨着，靠着。

译文 手里把玩着石头，靠着溪边而坐，行走在寺院的周围，欣赏着美丽的花朵。时常听到小鸟的鸣叫，到处都能听到泉水的声响。

花非花

花非花，雾非雾。夜半来，天明去。来如春梦几多时①？去似朝云无觅处②。

注释 ①几多时：相会的时间太短。②无觅处：因朝云飘浮不定，所以无处寻找它的踪迹。

译文 看起来是花，又不是花，看起来是雾，又不是雾。半夜的时候来，天亮的时候离去。来的时候就像春天的美梦一样美好而短暂，去的时候就像早晨的云彩一样让人无可寻觅。

暮江吟

一道残阳铺水中①，半江瑟瑟半江红②。可怜九月初三夜③，露似真珠月似弓④。

注释 ①残阳：落山的太阳。②瑟瑟：原义为碧色珍宝，这里指碧绿色。③可怜：可爱。④真珠：即珍珠。月似弓：上弦月，其形状弯曲如弓。

译文 一道残阳铺在黄昏的江面上，江水一半碧绿似玉，一半闪烁着红光。更让人怜爱的是九月初三的月夜，晶莹的露水儿似珍珠，月牙儿似一张弓。

大林寺桃花

人间四月芳菲尽①，山寺桃花始盛开②。长恨春归无觅处③，不知转入此中来④。

注释 ①尽：指花都凋谢了。②始：刚开始。③觅：寻找。④不知：想不到。

译文 大部分地方的花儿在四月份就凋谢了，但大林寺的桃花才刚刚开始盛开。常常埋怨春天易逝无处寻找，却想不到春天已经转到这深山中了。

惜牡丹花

惆怅阶前红牡丹①，晚来唯有两枝残。明朝风起应吹尽，夜惜衰红把火看②。

注释 ①惆怅：伤感，失意。②衰：枯萎，凋谢。红：指牡丹花。把火：手持火把。

译文 惆怅地看着台阶前的红牡丹，傍晚的时候只剩下两朵残花。明早风一吹这两朵花就会被吹没了，夜里手持火把观看它们，只因爱怜着枯萎的牡丹花。

上阳白发人并序

天宝五载以后，杨贵妃专宠，后宫人无复进幸矣。六宫有美色者，辄置别所，上阳是其一也。贞元中尚存焉。

上阳人，红颜暗老白发新。绿衣监使守宫门，一闭上阳多少春。玄宗末岁初选入，入时十六今六十。同时采择百余人，零落年深残此身。忆昔吞悲别亲族，扶入车中不教哭。皆云入内便承恩，脸似芙蓉胸似玉。未容君王得见面，已被杨妃遥侧目。妒令潜配上阳宫，一生遂向空房宿。宿空房，秋夜长，夜长无寐天不明。耿耿残灯背壁影，萧萧暗雨打窗声。春日迟，日迟独坐天难暮。宫莺百啭愁厌闻，梁燕双栖老休妒。莺归燕去长悄然，春往秋来不记年。唯向深宫望明月，东西四五百回圆。今日宫中年最老，大家遥赐尚书号。小头鞋履窄衣裳，青黛点眉眉细长。外人不见见应笑，天宝末年时世妆。上阳人，苦最多。少亦苦，老亦苦，少苦老苦两如何？君不见昔时吕向《美人赋》，又不见今日上阳白发歌！

上阳人啊，容颜渐老白发新生。绿衣监使看守上阳宫，这宫门一闭经过了多少春秋？天宝十五年入选进宫，那时十六岁如今已经六十岁。同时进宫的有一百多人，岁月蹉跎容颜老去此生再无指望。想当年忍痛告别亲人，坐进宫车中想哭又不敢哭。都说进了宫就会受到皇上宠幸，面如芙蓉身体娇贵。不想还没见到皇上，就引起了杨贵妃的注意。被怀恨在心的杨贵妃暗中送住上阳宫，从此便开始了独守空房的一生。独守空房，倍觉秋夜漫长，长夜漫漫，难以入眠，天却久久不亮。昏暗的灯火背向墙壁投下影子，又传来冷雨敲窗的声音。春日迟迟，独坐着等这一天过去它却久久不去。宫中黄莺婉转鸣叫她懒得去听，梁上燕子成双栖息她已年老不再妒恨。黄莺燕子都悄然而来悄然而去，春去秋来她也不知过了多少年。只在这深宫中遥望天上的明月，东升西落好像已经圆过四五百回。如今在宫中她年纪最长，可笑皇上竟赐她『女尚书』的称号。而今她还穿着小头鞋和窄窄的衣裳，用青黛描画细长的双眉。外面的人没有见到，若是见到定会嘲笑，那还是天宝十五年的装扮。上阳人啊，她承受的辛酸最多。年轻时辛酸，年老了也辛酸，年轻年老时都辛酸又能怎么样呢？你看看昔日吕向所作的《美人赋》，再看看如今的《上阳白发歌》！

舟中读元九诗

把君诗卷灯前读，诗尽灯残天未明。眼痛灭灯犹暗坐，逆风吹浪打船声。

我拿着你的诗集在灯前认真品读，读完时蜡烛也快燃尽天还没有亮。眼睛疲惫吹灭了灯在黑暗中静坐，只听得风吹波浪不断拍打在船壁上。

杨柳枝词①

一树春风千万枝，嫩于金色软于丝。永丰西角荒园里②，尽日无人属阿谁？

注释 ①杨柳枝词：唐教坊曲名。②永丰：永丰坊，在唐代东都洛阳城。西角：背着太阳的地方。

译文 春风吹着满树的柳枝，柳枝长出的细叶一片嫩黄，比丝缕还轻柔。只可惜长在背阳阴寒又人迹罕至的地方，有谁会来欣赏呢？

钱塘湖春行①

孤山寺北贾亭西，水面初平云脚低②。几处早莺争暖树③，谁家新燕啄春泥。乱花渐欲迷人眼，浅草才能没马蹄④。最爱湖东行不足，绿杨阴里白沙堤。

注释 ①钱塘湖：指西湖。②云脚低：指云层低垂，看上去同湖面连成一片。③暖树：指向阳的树木。④浅草：刚刚长出来的小草。

译文 从孤山寺的北面到贾公亭的西面，西湖的水刚与水堤齐平，低矮的云层和湖面连成一片。几处早出的黄莺争着飞向向阳的树木，谁家新飞来的燕子正在衔泥筑巢。各种盛开的花朵让人眼花缭乱，刚长出的小草刚刚没过马蹄。最喜爱的是西湖东边的美景，绿色杨柳下的白沙堤怎么也逛不够。

题岳阳楼

岳阳城下水漫漫①，独上危楼凭曲阑②。春岸绿时连梦泽③，夕波红处近长安。猿攀树立啼何苦，雁点湖飞渡亦难。此地唯堪画图障④，华堂张与贵人看⑤。

注释 ①漫漫：大水无边无际的样子。②危楼：高楼。③梦泽：即云梦泽，古代面积极大，包括长江南北大小湖泊无数，江北为云，江南为梦。到唐代，一般称岳阳南边的青草湖为云梦。④图障：画幅，画幛。唐人喜画山水为屏障，张挂在厅堂上。⑤华堂：华丽的厅堂。

译文 岳阳城下的江水水势浩大，无边无际；独上高楼倚靠着栏杆眺望。春天，草木的绿色与远处洞庭湖的水色相接，傍晚的彩霞与湖水中的红波交相辉映，红波近处，似乎就是国都长安。岸边山上的老猿正攀着枯树站在那里哭得凄惨，天上的大雁要从这浩渺无边的湖上横空飞过还有许多困难。这个地方风景壮阔美丽，只可画成图画，挂在贵富人家的厅堂里供他们欣赏。

杭州春望

望海楼明照曙霞，护江堤白踏晴沙。涛声夜入伍员庙①，柳色春藏苏小家②。红袖织绫夸柿蒂③，青旗沽酒趁梨花④。谁开湖寺西南路⑤，草绿裙腰一道斜。

注释 ①伍员：即伍子胥，春秋楚人。②苏小：即苏小小，南齐钱塘名妓。③柿蒂：绫的花纹。④梨花：酒名。⑤湖寺：指孤山寺。西南路：指由断桥向西南通往湖中孤山的长堤——白沙堤，简称白堤。

译文 在曙霞明亮的光照中，登上望海楼远望海天的瑰丽；在钱塘江防备海潮的长堤上，踏足于闪着白光的细沙。阵阵的涛声正趁夜色传入伍员庙中，繁华的春色藏在柳条深处的苏小小家。红袖翻飞，织女们都夸赞着绫的花纹之美；酒旗招展，游人们正在飘舞的梨花中品着上好的『梨花春』。是谁开辟了孤山寺的白堤？草绿时，宛若一道彩裙飘逸在湖面上。

夜筝

紫袖红弦明月中①，自弹自感暗低容。弦凝指咽声停处，别有深情一万重。

注释 ①紫袖：代弹筝人。红弦：代筝。

译文 明净的月色中，一双紫袖轻轻地在红弦上飞舞，女子信手弹着自己的心事。忽然弦声凝绝，柔指轻顿，那片刻的宁静又诉说出千万重的深情。

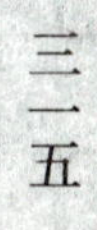

李绅

李绅（约772—846），字公垂，祖籍安徽亳州。青年时，李绅曾目睹农民整日辛苦劳作却得不到温饱的情形，于是怀着同情和愤慨之情，写下了千古传诵的《悯农》诗二首，他因此被称为『悯农诗人』。

悯农（一）

春种一粒粟①，秋收万颗子。四海无闲田②，农夫犹饿死。

注释 ①粟：小米。泛指谷类的种子。②四海：普天下，全国。闲田：荒废没有耕种的田。

译文 春天种下一粒粟种，到秋天就会收获上万颗粮食。四海之内没有闲置的田地，农夫却还有饿死的。

悯农（二）

锄禾日当午①，汗滴禾下土。谁知盘中餐，粒粒皆辛苦。

译文 在田里锄草直到大中午，汗水滴落在禾苗下的土上。谁知道盘中的餐饭，一粒粒来得都很辛苦。

柳宗元

柳宗元（约773—819），字子厚，祖籍河东（今山西永济），出生于长安（今陕西西安）。出身官宦之

家，少时便以才华闻名，且有大志。贞元九年（793）中进士，十四年登博学鸿词科，授集贤殿正字。后任蓝田尉，迁监察御史里行。唐顺宗即位后，被任命为礼部员外郎，参与政治革新。但不久唐宪宗即位，废黜新政，打击革新派。永贞元年（805）九月，柳宗元被贬为邵州刺史，十一月再次遭贬，为永州司马。十年后，受诏回到长安，不久又外放柳州刺史，在任期间颇有政绩。后卒于柳州。

登柳州城楼寄漳汀封连四州刺史

城上高楼接大荒，海天愁思正茫茫。惊风乱飐芙蓉水①，密雨斜侵薜荔墙②。
岭树重遮千里目，江流曲似九回肠。共来百粤文身地③，犹自音书滞一乡！

注释 ①飐（zhǎn）：吹动。②薜荔（bì lì）：又名木莲，一种常绿蔓生植物，常攀附于墙上生长。③百粤：即百越，古代五岭以南少数民族的泛称，这里泛指南方各地。

译文 从城上高楼向旷野远望，心中愁思像海天般苍茫。猛烈的风掀动荷花池水，狂暴的雨斜打薜荔围墙。山树重重遮住千里望眼，江流曲折犹如九曲愁肠。我们同被贬来到这南方，虽在一地音讯也不通畅。

江雪

千山鸟飞绝①，万径人踪灭②。孤舟蓑笠翁③，独钓寒江雪。

注释 ①绝：没有。②径：道路。灭：消失。③蓑笠翁：披蓑衣、戴斗笠的渔翁。

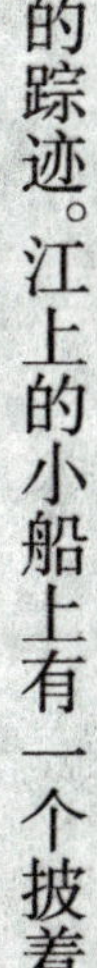

译文 周围的山上没有了鸟儿的踪影，道路上也没有了行人的踪迹。江上的小船上有一个披着蓑衣、戴着斗笠的渔翁，在雪中独自垂钓。

晨诣超师院读禅经①

汲井漱寒齿②，清心拂尘服③。闲持贝叶书④，步出东斋读⑤。真源了无取⑥，妄迹世所逐⑦。遗言冀可冥⑧，缮性何由熟⑨。道人庭宇静⑩，苔色连深竹⑪。日出雾露余⑫，青松如膏沐⑬。澹然离言说⑭，悟悦心自足⑮。

注释 ①本诗是宗元在德宗贞元初贬永州司马时作。诣，趋访。超师，法名超的禅师。禅经，佛家经典都可称禅经，而从诗句看此当特指禅宗的经典。②『汲井』句：清晨初汲的井水叫井华（花），道教修炼法以为汲井华漱饮有健齿益身之效，后亦为佛教所吸取。寒：井花冷冽引起牙齿寒的感觉。③『清心』句：去除杂念，拂去衣上的尘土。这句承上句，因漱井花而心清，而拂衣整肃。④贝叶书：指禅经。贝叶是贝多罗树的树叶，古印度人多取以写经，故称佛经为贝叶经、贝叶书。⑤东斋：东厢的斋舍，这里当指超禅师的斋房。⑥真源：佛教语，意为作为源头的真如法性。超脱万物（虚妄）之本体叫真，常住不改不变叫如。禅宗

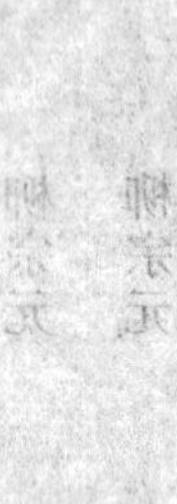

认为这种识得万物为虚妄的常住不变的灵明佛性在于万物心中。只是平常为世务俗物所蒙蔽罢了。了无取：言世人对真源一点不懂，常从身外求之。⑦『妄迹』句：佛教认为真如法性是唯一的实际，万物只是它的化现，虽有，但只是虚妄的迹象。禅宗更从心即是佛的观点出发，认为一切文字包括经书也在可弃之列。这句意思谓，世人读经，只胶着于文字表面，而不解言外之不可言说之意方是真源。⑧『遗言』二句：指所读佛经，因是前人遗下的文字，故称。冀可冥：希望能够冥合潜通。⑨缮性：语出《庄子》，佛家借用之，指修养本性，发明心地。何由熟：怎样才能精熟。这两句是反问，意指真如在心。参语译。⑩道人：得道之人，此指超禅师。⑪深竹：竹林深深。⑫余：残存。⑬如膏沐：说青松如经洗涤上油。沐是洗头，膏指发油，用作动词。⑭澹然：淡泊不为事物所动心。然是词尾。离言说：超脱于文字语言之外。⑮悟悦：指禅悦，因悟禅而超然物外的怡悦精神状态。心自足：归到即心即佛。

译文 清晨起，汲井花，水泉寒冽，漱齿更清神；拂去衣上尘，污垢褪，内外俱洁净。闲来抽取佛家书，信步出东斋，随意读。（叹世人）读经浑不解真谛，唯将纸上文字，皮相来追逐。倘若前圣遗言可参通，又何必，返向自心修养得真源。超禅师，得道人，庭院不染屋宇静；苍苔色青青，延展渐连深竹林。初日升，雾露消，氤氲有余清；更见青松葱青，犹如膏油滋润水洗净。见此景，更知心性恬淡原为首，正不必，死参文字经。悟本性，是禅悦，心地自足，触处尽通明。

溪居①

久为簪组束②，幸此南夷谪③。闲依农圃邻④，偶似山林客⑤。

晓耕翻露草⑥，夜榜响溪石⑦。来往不逢人，长歌楚天碧⑧。

注释 ①作于贞元初贬谪永州司马时。溪，当指永州治所在地零陵郊外的愚溪。②簪组：冠簪与冠带，指代官服，又指代为官。冠以束发，以簪穿冠固定发结，以冠带缚颏下。束：束缚，指在朝当官为公务人事羁束。③南夷：永州古属南方蛮夷之地。④邻：用作动词，为邻。⑤山林客：指隐士。⑥翻露草：与下句的『响溪石』都应三字连读，偏正结构，前二字修饰后一词。不能作动宾结构读。『翻露草』指露光转动的草；『响溪石』指溪流激响的石。⑦榜：原指船桨，这里用作动词，意即荡舟。⑧楚天：永州为古楚之地。

译文 久在京城朝廷，官位职司拘心神；远贬南荒蛮夷地，去俗务，不幸是大幸。闲居近农家，就此结近邻；兴来随意往，恰似山林隐。晓起耕田地，青青草色翻露光；夜来泛舟行，桨声激水溪石响。去去来来不见人——长歌逍遥，仰对楚天青。

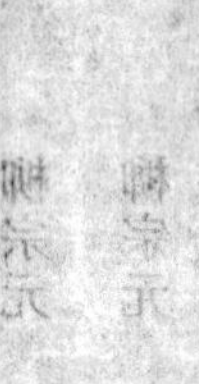

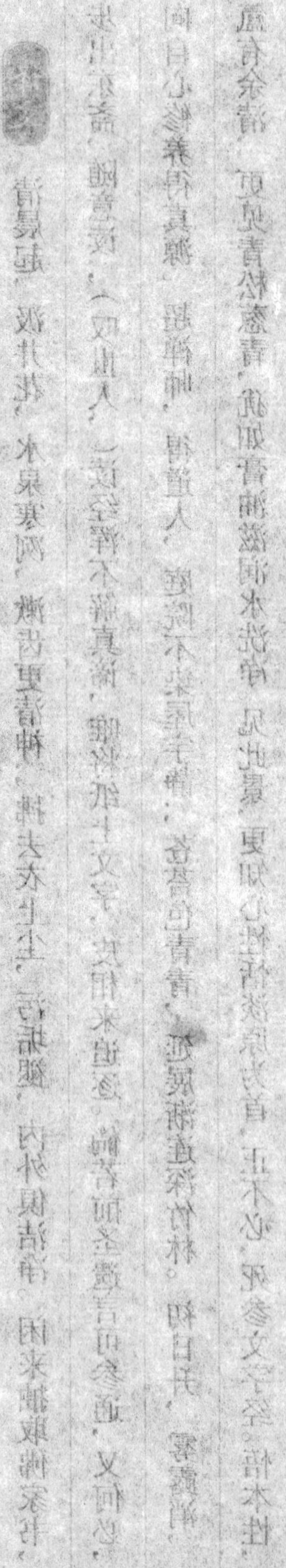

元稹

元稹（约779—831），字微之，河内（今河南洛阳）人。唐德宗贞元年间，元稹以明经及第，复登书判拔萃科，授校书郎。唐宪宗元和初年，被任命为左拾遗，擢监察御史。后被贬为江陵士曹参军，又迁通州司马，迁虢州长史。唐穆宗长庆初期，任膳部员外郎，后任祠部郎中知制诰，迁中书舍人、翰林学士。曾为相三月，不久被贬出长安，任同州刺史，其后又改任浙东观察使。唐文宗太和年间，出任尚书左丞，又出为武昌节度使，后病逝于任职之地。元稹曾与白居易一同倡导新乐府运动，影响深远，后世将他二人合称为『元白』。

遣悲怀（一）

谢公最小偏怜女①，自嫁黔娄百事乖②。顾我无衣搜荩箧③，泥他沽酒拔金钗④。野蔬充膳甘长藿⑤，落叶添薪仰古槐⑥。今日俸钱过十万，与君营奠复营斋⑦。

注释 ①『谢公』句：东晋名相谢安最爱其侄女谢道韫。此指妻子从小娇生惯养。②黔娄：指自己家境贫困。③顾：看到。荩（jìn）箧（qiè）：荩草编成的箱子。④泥他：软言求她。⑤甘：甘心。藿（huò）：豆叶。⑥仰：依仗。⑦营：办理。奠：祭品。斋：指请僧人超度。

译文 你像谢安最疼爱的小侄女，但自从嫁给我，就百事不顺。看我身上无衣，就翻箱倒柜找寻，我缠着你买酒，你就拔下金钗换酒。甘心跟我以野菜豆叶当饭，还要仰赖古槐的落叶当柴火。如今我官俸超过十万，可你却已不在，我只能为你超度，备好祭品供尝。

遣悲怀（二）

昔日戏言身后事①，今朝都到眼前来。衣裳已施行看尽②，针线犹存未忍开。尚想旧情怜婢仆，也曾因梦送钱财。诚知此恨人人有，贫贱夫妻百事哀。

注释 ①身后事：死后的打算。②行：行将。

译文 过去曾开玩笑说起死后的安排，如今却都鲜活地飘到眼前。你生前穿过的衣服我都快施舍尽了，只有曾经的针线活还在，不忍打开。我怀恋往日情谊，怜爱你的婢仆，也曾因梦见你而烧送纸钱。我真的知道，这死别之恨人人都有，但贫贱夫妻，更让人觉得悲哀。

遣悲怀（三）

闲坐悲君亦自悲，百年都是几多时！邓攸无子寻知命①，潘岳悼亡犹费词。同穴窅冥何所望②？他生缘会更难期！惟将终夜长开眼，报答平生未展眉。

①邓攸无子：晋邓攸在战乱中为拯救亡兄之子，丢弃了自己的儿子，以为自己还可以生养，但终

元稹

元稹（779—831），字微之，河南（今河南洛阳）人。唐德宗贞元九年，元稹以明经及第，贞元十九年拜左拾遗，历监察御史。唐宪宗元和五年，因得罪宦官，被贬为江陵士曹参军，又任通州司马、虢州长史。唐穆宗长庆初年，召为膳部员外郎，后拜祠部郎中知制诰，迁中书舍人、翰林承旨学士。曾任同平章事。

遣悲怀（一）

谢公最小偏怜女①，自嫁黔娄百事乖②。顾我无衣搜荩箧③，泥他沽酒拔金钗④。

野蔬充膳甘长藿⑤，落叶添薪仰古槐⑥。今日俸钱过十万，与君营奠复营斋⑦。

注释 ① 谢公：东晋宰相谢安最偏爱其侄女谢道韫。此指妻子从小娇生惯养。② 黔娄：此指自己贫穷困。③ 荩（jìn）箧（qiè）：草编的箱子。④ 泥：软缠。沽：买。⑤ 甘：甘心。藿（huò）：豆叶。⑥ 仰：依靠。⑦ 营：操办。奠：祭品。斋：指请僧人超度。

今译 你是谢安最宠爱的小侄女，自从嫁给我以后，诸事不顺。看我身上无衣，就翻箱倒柜为我找衣裳，我缠着

你来时，你就拔下金钗换酒。甘心跟我以野菜豆叶充饥，还要仰赖古槐的落叶当柴火。如今我官俸超过十万，而你却已不在，我只能为你祭奠，备办祭品和斋供。

遣悲怀（二）

昔日戏言身后意①，今朝都到眼前来。衣裳已施行看尽②，针线犹存未忍开。

尚想旧情怜婢仆，也曾因梦送钱财。诚知此恨人人有，贫贱夫妻百事哀。

注释 ① 身后意：死后的打算。② 施：施舍。

今译 过去曾开玩笑说起死后的安排，如今都呈现在眼前。衣裳已经施舍得快完了，只有你曾用过的针线盒还在，不忍打开。我怀念往日情谊，对婢仆也格外怜爱，也曾因梦见你而给你送钱财。我真的知道，这死别之恨人人都有，但贫贱夫妻，更让人觉得悲哀。

遣悲怀（三）

闲坐悲君亦自悲，百年都是几多时！邓攸无子寻知命①，潘岳悼亡犹费词。

同穴窅冥何所望②？他生缘会更难期。唯将终夜长开眼，报答平生未展眉。

注释 ① 邓攸无子：晋朝邓攸在战乱中为保全侄子而舍弃了自己的儿子。以此自比无子。句终

无子嗣。②同穴：合葬。窅（yǎo）冥：幽暗的样子。

译文　闲坐时，悲叹你也为自己哀伤，纵使人能活百年，也不过些许时日。邓攸命中无子，我也年届五十，潘岳的悼亡诗再美，也是在浪费文辞。同穴合葬，指望在幽暗的地府中相会；来世再作夫妻，更是难以预期！我只有整夜睁着双眼想念你，报答你一生跟我受苦的情谊。

离思

曾经沧海难为水，除却巫山不是云。取次花丛懒回顾，半缘修道半缘君。

译文　见过沧海的壮观景象，就觉得别处的水与沧海相比都黯然失色；目睹过巫山之云的美丽，觉得其他地方的云都不怎么样了。从百花丛中走过，我也目不斜视，不愿回望；一半是因为我潜心修道，另一半是因为心里有你。

行宫

寥落古行宫，宫花寂寞红。白头宫女在，闲坐说玄宗。

译文　空旷冷落的古旧行宫，只有宫花寂寞地吐红。几个满头白发的宫女，闲坐无事讲说唐玄宗。

菊花

秋丛绕舍似陶家，遍绕篱边日渐斜。不是花中偏爱菊，此花开尽更无花。

译文　盛开的菊花环绕着房屋，好像到了陶渊明的家。篱笆围住了满院的秋色，不觉间夕阳渐渐西斜。我并不是偏爱篱边的菊花，而是菊花谢尽时，百花早已凋落。

杨敬之

杨敬之，字茂孝，祖籍虢州弘农（今河南灵宝）。尝为《华山赋》，韩愈、李德裕称许之，一时传布士林。

赠项斯

几度见诗诗总好，及观标格过于诗①。平生不解藏人善②，到处逢人说项斯③。

注释　①标格：包含外美和内美，即神采风度、品格修养等。②解：懂得，知道。③项斯：字子迁，江东人。

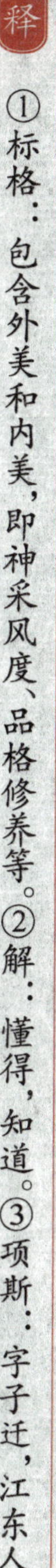

译文　几次见到你的诗，诗总是绝妙好诗，及待相见，发现你的神采风度更胜过诗。我平生不懂得隐藏别人的才德，到处逢人就夸赞你项斯。

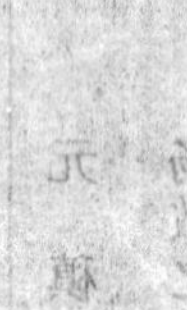

崔郊

崔效，元和年间秀才，流传下来的诗作仅一首。据记载：崔郊年轻时曾与姑母的婢女相爱，并私订终身。不料贪图钱财的姑母把婢女卖给了贵族于頔。此后，崔郊对其朝思暮想，始终无法忘情。一次寒食节时，二人意外邂逅。百感交集之下，崔郊写了这首《赠婢》。正是这首诗感动了于頔，于是他将婢女赠予崔郊，使二人结为夫妇。崔郊题诗娶佳人的故事也成为佳话。

赠婢

公子王孙逐后尘，绿珠垂泪滴罗巾。侯门一入深如海，从此萧郎是路人。

王孙公子争相追求，美丽的女子泪湿罗帕。权贵之家门庭深邃如海，一进去便与曾经爱恋的人形同陌路。

张祜

张祜（约785—849），字承吉，清河（今山东武城）人。曾参加进士考试未中，多次受人推荐，但始终没有获得一官半职。他投诗求荐长达三十年，其间足迹遍布各地，北到塞北，南抵岭南，西去襄汉，东至溟海。

一直到唐文宗时才因太平军节度使令狐楚的推荐来到京师，但后又遭压制。会昌五年（845），张祜投奔池州刺史杜牧，受到杜牧的盛情礼遇，但此时诗人已到迟暮之年，不久便隐居于曲阿。他的诗作中既有对当时世风的感伤之作，也有对从军的歌咏之作；他的宫词多为抒写宫女怨情之作，也有有感而发之作。总体来说，他的诗歌以宫词成就最高。

宫词

故国三千里，深宫二十年。一声何满子，双泪落君前。

远离故乡三千里，幽禁深宫二十秋。歌唱一声《何满子》，双泪已为君王流。

题金陵渡

金陵津渡小山楼，一宿行人自可愁。潮落夜江斜月里，两三星火是瓜洲。

夜宿金陵渡口的小山楼，辗转难眠心中满怀旅愁。斜月朦胧江潮正在下落，对岸星火闪闪便是瓜洲。

赠内人

禁门宫树月痕过①，媚眼惟看宿鹭窠。斜拔玉钗灯影畔，剔开红焰救飞蛾②。

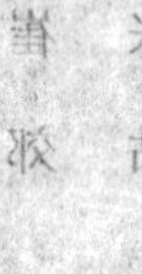

①禁门：宫门。②红焰：指灯芯。

译文

月光从宫门移到旁边树梢，她媚眼如丝，只看那安睡鹭鸟的巢窠。灯影摇曳处，（她）偏头拔下晶莹玉钗，挑开灯芯，救出扑火的飞蛾。

集灵台（一）

日光斜照集灵台①，红树花迎晓露开。昨夜上皇新授箓②，太真含笑入帘来。

注释

①集灵台：即华清宫的长生殿。②上皇：太上皇，此指唐玄宗。授箓（lù）：接受道教秘录，入道的仪式。

译文

阳光斜照华清宫的集灵台，满树红花，迎着晨露绽开。昨晚，太上皇才刚刚为她授箓，今晨，太真就媚眼含笑走进帘来。

集灵台（二）

虢国夫人承主恩①，平明骑马入宫门。却嫌脂粉污颜色，淡扫蛾眉朝至尊。

①虢国夫人：杨贵妃三姐的封号。

译文

虢国夫人承受主上恩泽，大清早就骑马进宫。因嫌脂粉玷污她的美貌，只轻扫蛾眉就来朝见君王。

朱庆馀

朱庆馀，生卒年不详。名可久，越州（今浙江绍兴）人。敬宗宝历二年（826）登进士第，官秘书省校书郎，然而仕途并不顺利，曾客游边，与张籍相交甚深。其诗以五律居多，虽然题材并不丰富，大部分为赠别酬答、行旅题咏之作。

宫词

寂寂花时闭院门，美人相并立琼轩①。含情欲说宫中事，鹦鹉前头不敢言。

①琼轩：白玉长廊。

译文

花开时节，寂寂的宫院紧闭大门，美人并肩伫立在玉栏长廊。满怀幽情想要诉说宫中的事情，在饶舌的鹦鹉面前却不敢开口。

闺意献张水部

洞房昨夜停红烛，待晓堂前拜舅姑。妆罢低声问夫婿，画眉深浅入时无？

新房里昨夜花烛彻夜通明，清早起身到堂前向公婆问安。梳妆打扮后低声探问夫婿，眉画得深浅公婆能否喜欢？

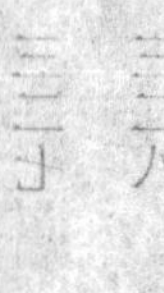

李 贺

李贺（约790—816），字长吉。因其祖籍陇西，常自称为『陇西长吉』。又因其居于福昌（今河南宜阳）昌谷，被后人称为李昌谷。李贺本为唐宗室后裔，但到他这辈时家道早已没落。他『为人纤瘦，通眉，长指爪』，从小就聪明伶俐，七八岁时便会作诗，十五六岁时所写的乐府诗已和李益齐名。与李贺争名的人，说他应避父讳（其父名晋肃，『晋』『进』同音）不举进士，李贺应试，但终不能及第。他后来做过三年奉礼郎，一生郁郁不得志，加上体弱多病，仅二十七岁就离开人世，被后世称为『诗鬼』。

李凭箜篌引

吴丝蜀桐张高秋，空山凝云颓不流。江娥啼竹素女愁，李凭中国弹箜篌①。昆山玉碎凤凰叫，芙蓉泣露香兰笑。十二门前融冷光②，二十三丝动紫皇。女娲炼石补天处，石破天惊逗秋雨。梦入神山教神妪，老鱼跳波瘦蛟舞。吴质不眠倚桂树，露脚斜飞湿寒兔。

注释　①中国：即国之中央，意谓京城。②十二门：长安城东西南北四面各有三道城门。

译文　吴地产的丝和蜀地产的桐制成的箜篌，演奏的曲调飘荡在秋高气爽的时节。天空的白云听到后凝聚在一处，不再四处漂浮。湘娥听到后泪珠点点洒落斑竹，天上的神女也牵动了满腹愁肠。这美妙的乐声从何而来？原来是李凭在京都长安弹奏箜篌。如昆仑美玉撞击发出的脆响，如凤凰发出的高昂嘹亮的鸣叫；像芙蓉在露水中轻声抽泣，像兰花迎风招展笑意盈盈。整个长安城好似被一片寒光笼罩。二十三根弦丝缓弹轻拨，甚至触动了天神的心弦。女娲炼石补就的天幕，好似被激昂的乐声震破，使得漫天的秋雨连绵不绝。长夜里，人们被乐声带入梦乡，看见李凭教授神女弹奏技巧。湖里的老鱼在波涛中飞舞跳跃，潭中的蛟龙也随之翩翩起舞。月宫中的吴刚被乐声陶醉，整夜不眠依靠着桂花树沉思。桂树下的兔子也凝神聆听，没有察觉到身体已被斜飞的露珠打湿。

马 诗

大漠沙如雪，燕山月似钩①。何当金络脑②，快走踏清秋。

注释　①燕山：指燕然山，是西北产良马的地方。②何当：何时才能够。金络脑：用黄金装饰的马笼头。

译文　大漠的沙在月光下就像白雪一样，燕山上空的月亮就像一把弯刀。什么时候才能给马套上黄金装饰的马笼头，让我在秋天的战场上驰骋，建功立业？

雁门太守行

黑云压城城欲摧①，甲光向日金鳞开。角声满天秋色里，塞上燕脂凝夜紫。

半卷红旗临易水②，霜重鼓寒声不起。报君黄金台上意③，提携玉龙为君死④。

注释

①摧：摧毁。②临：抵达。③黄金台：战国时燕昭王修筑的高台，置黄金于台上，用来招揽人才。④玉龙：这里指宝剑。

译文

乌云好像要把城墙压垮，铠甲迎着阳光像金色鱼鳞一般熠熠生辉。秋色中，号角声响彻云霄，塞上的泥土在暮色中浓艳得犹如紫色的胭脂凝结而成。军队行至易水边，大风吹动红旗，浓霜打湿鼓皮，鼓声低沉。为了报答君王的赏赐和信任，将士们愿高举宝剑，血战至死。

苏小小墓

幽兰露，如啼眼。无物结同心，烟花不堪剪。草如茵，松如盖，风为裳，水为珮。油壁车，夕相待。冷翠烛，劳光彩。西陵下，风吹雨。

译文

幽幽的秋兰上轻缀露珠，好似你满含热泪的双眼。再也无法与你永结同心，不忍剪断你坟墓上的野花。绿草仿佛你的茵褥，青松恰似你的伞盖。清风犹如你的衣袂，流水就是你的环珮。生前乘坐的油壁车，好像还在等你赴佳会。冷幽的鬼火，空闪着淡淡的绿光。西陵之下，一片凄风苦雨。

梦天

老兔寒蟾泣天色①，云楼半开壁斜白。玉轮轧露湿团光，鸾珮相逢桂香陌②。
黄尘清水三山下③，更变千年如走马。遥望齐州九点烟④，一泓海水杯中泻。

注释

①老兔寒蟾：神话传说中住在月宫里的动物。②鸾珮：雕刻着鸾凤的玉珮，此代指仙女。③三山：传说中海上的三座神山，即蓬莱、方丈、瀛洲。④齐州：中州，即中国。

译文

天色凄清，老兔寒蟾正轻声抽泣，月光斜照，半开的云楼墙壁雪白。月亮碾过水汽，发出的光都被打湿了。我在桂花飘香的月宫小路上邂逅美丽的仙女。东海有三座神山，沧海几度化为桑田，山中方七日，世上已千年。俯瞰全国，九州小得犹如九点烟尘，大海之小就像打翻了的一杯水。

李德裕

李德裕（787—849），字文饶，赵州（今河北赵县）人，与其父李吉甫均为晚唐名相。幼有壮志，苦心向学，精《汉书》《左氏春秋》。历任翰林学士、浙西观察使、西川节度使、兵部尚书、左仆射，并在唐文宗大和七年（833）和武宗开成五年（840）两度为相，使晚唐内忧外患的局面得到了暂时安定。著有《会昌一品集》《左岸书城》

《次柳氏旧闻》等。

登崖州城作

独上高楼望帝京①，鸟飞犹是半年程。青山似欲留人住，百匝千遭绕郡城。

注释 ①帝京：指京城长安。

译文 独自登上高楼，放眼北望帝京长安，路程遥远，鸟飞回去犹自要半年时间。青山似乎有意留人住下，千层百叠环绕着崖州郡城。

韩愈

韩愈（约768—824），字退之，河阳（今河南孟州）人，郡望昌黎（今属河北），所以后世称其为韩昌黎。韩愈有读书济世之志，早年参加过三次科举考试，均不能及第。他颠沛流离，穷困潦倒，终于在贞元年间考取进士，但三考博学鸿词科均遭失败，于是前往汴州节度使董晋、徐州节度使张建封幕府供职，后来进入朝廷担任国子监四门博士，迁监察御史，由于上书言旱灾被贬为阳山令。宪宗年间，回到长安担任国子博士、中书舍人知制诰，因跟从裴度赴淮西平定叛乱之功，升任刑部侍郎。后又因谏迎佛骨惹恼宪宗，被贬为潮州刺史。穆宗时回京担任吏部侍郎。不久卒于长安。

山石①

山石荦确行径微②，黄昏到寺蝙蝠飞。升堂坐阶新雨足③，芭蕉叶大支子肥④。僧言古壁佛画好⑤，以火来照所见稀⑥。铺床拂席置羹饭⑦，疏粝亦足饱我饥⑧。夜深静卧百虫绝⑨，清月出岭光入扉⑩。天明独去无道路⑪，出入高下穷烟霏⑫。山红涧碧纷烂漫⑬，时见松枥皆十围⑭。当流赤足踏涧石，水声激激风生衣。人生如此自可乐，岂必局促为人鞿⑮。嗟哉吾党二三子⑯，安得至老不更归⑰。

注释 ①德宗贞元十七年（781）七月，在洛阳北惠林寺所作。②荦确：险峻不平貌。微：此兼有窄狭与天暗依微不清之意。③升堂坐阶：登上客堂，坐在堂阶上。④芭蕉：又名甘蕉、巴苴，多年生草本植物，《南方草木状》：『甘蕉望之如树，株大者一围余，叶长一丈或七八尺，广尺余二尺许。』故称『叶大』。支子：栀子，茜草科常绿灌木，夏日开白花。⑤佛画：唐寺观多佛教壁画，参段成式《酉阳杂俎》。⑥稀：依稀。⑦『铺床』句：主语是寺僧。⑧疏粝：粗糙的食物。⑨绝：此指虫声停止。⑩扉：门。⑪去：离开。无道路：辨不清道路。⑫出入高下：上山下谷。穷烟霏：穷，尽；烟霏，流动如烟的云气。⑬『山红』句：红与碧互文见义。涧，两山夹谷间的溪道。烂漫，光彩照人貌。⑭时：时时。枥：同栎，壳斗科落叶乔木。⑮岂必：

为何一定要。局促：犹言拘束。为人靰：为别人控制。靰是马口缰绳。韩愈时人幕僚，这年初入京求调选又无成，所以有此愤语。⑯吾党二三子：与自己志同道合的朋友弟子，暗用《论语》孔子所说『吾党之小子狂简』与『二三子以我为隐乎』二语。⑰安得：怎能。不更归：暗用陶渊明《归去来辞》：『归去来兮，田园将芜胡不归。』

译文

险峻不平的山石间，一条小路向前展延，渐远渐依稀。我顺着小路来到寺庙，不觉天已昏黄，蝙蝠出穴纷纷飞。登殿堂，坐阶上，只见新雨初过，滋润得阶下的芭蕉、栀子绿叶舒阔花朵肥。寺僧来告我，『古庙四壁，佛画分外地好。』他擎起灯火，为我照明，可是色彩斑驳，欲赏已稀微。入夜了，寺僧为我铺好了床，拂平了席，备下的晚餐，虽说是粗茶淡饭，却也足使肠中不觉饥。夜深沉，我静卧斋房，听得百虫鸣声渐渐停息。望见那明月升上山岭，清光照彻了门户窗帷。天放明，独自离寺去。登山入谷，高高下下，不择道路，我探寻在如烟的云雾里。山花红，涧水碧，万物斑斓，纷纷呈现；更有那十抱的巨松古枥，时时扑面迎接。站在中流的涧石上，任湍急的清波，洗濯我赤裸的双足；更由那，猎猎迅风，将我的衣襟吹鼓起。人生得如此，本可以知足常乐；又何必受人拘束，伛腰曲背丧志气。可叹啊，我旨趣相投的诸位君子，为什么年将老，恋名位，不肯归！

谒衡岳庙遂宿岳寺题门楼

五岳祭秩皆三公①，四方环镇嵩当中②。火维地荒足妖怪③，天假神柄专其雄④。喷云泄雾藏半腹⑤，虽有绝顶谁能穷⑥？我来正逢秋雨节，阴气晦昧无清风。潜心默祷若有应，岂非正直能感通⑦。须臾静扫众峰出，仰见突兀撑青空。紫盖连延接天柱⑧，石廪腾掷堆祝融⑨。森然魄动下马拜，松柏一径趋灵宫⑩。纷墙丹柱动光彩，鬼物图画填青红。升阶伛偻荐脯酒⑪，欲以菲薄明其衷⑫。庙令老人识神意⑬，睢盱侦伺能鞠躬⑭。手持杯珓导我掷⑮，云此最吉馀难同⑯。窜逐蛮荒幸不死⑰，衣食才足甘长终⑱。侯王将相望久绝，神纵欲福难为功⑲。夜投佛寺上高阁，星月掩映云朦胧⑳。猿鸣钟动不知曙，杲杲寒日生于东㉑。

注释

①祭秩皆三公：祭祀都是按照祭奠三公的等级进行的。三公，泛指人臣的最高爵位。②嵩当中：泰山、衡山、华山、恒山各镇东、南、西、北四方，嵩山位于中心，故云。③『火维』句：衡山处于炎热荒僻的南方，古人以为其地多妖怪。维，隅落。④假：授予。柄：权力。⑤半腹：山腰。⑥穷：登顶。⑦正直：指岳神。⑧紫盖：与下面的天柱、石廪、祝融都是山峰名。⑨腾掷：形容山势跌宕逶迤的样子。⑩一径：一路。趋：朝向。灵宫：指衡岳庙。⑪伛偻：曲身示敬。荐脯酒：进献肉和酒。荐，进献。⑫菲薄：指菲薄的祭品。明其衷：表明自己的敬意。⑬庙令：掌管寺庙的人。⑭睢（suī）盱（xū）：此处是凝视的意思。侦伺：窥察。能鞠躬：惯于鞠躬。⑮杯珓（jiào）：占卜用具。导我掷：交给我投掷的方法。⑯『云此』句：意谓老人说此卦象最吉，其他卦象

难以与之相比。⑰窜逐蛮荒：指远谪阳山事。⑱『衣食』句：意谓衣食刚足温饱，但甘愿长此而终。⑲『侯王』两句：意谓侯王将相之望早已断绝。纵使神明想要赐福于我，也难奏效。⑳曈（tóng）昽：朦胧的样子。㉑杲杲（gǎo）：形容日色明亮。

译文

祭奠五岳，按照祭奠三公的礼仪，泰华衡恒分镇四方，嵩山居中。衡山地方荒僻，妖怪特别多，上天授予南岳神权力，在此镇守。喷泄的云雾，遮蔽了山腰，即便是登临绝顶的高手也难以攀登到顶峰。我来时，正赶上秋雨丰沛的季节，天气阴沉，没有清风。我专心默默祈祷，好像有了应验，难道是山神能与我感应相通？顷刻之间，云开雾散众峰显现，仰头望去，山峰高耸直插青天。紫盖峰连绵着天柱峰钩衔，石廪峰腾跃起伏与祝融峰堆连。森然险峻，惊心动魄，我下马跪拜，一条松柏小路，引我直奔灵宫。白墙映衬着红柱，闪动耀眼光彩，各种鬼怪图画，涂满青红颜色。登上石阶，弯身进献干肉美酒，想以微薄的祭品，表达崇敬之意。神庙里的老人，知道神的旨意，窥察我祭祀之意，为我鞠躬。他手拿着杯珓，指导我抛掷占卜，说此卜最吉利，其他的难与相比。流窜放逐到这里，侥幸没死，衣食刚足，甘愿就这样了此一生。出将入相，封侯为王之愿早已断绝，纵然神灵愿意赐福，也难以成功。夜里投宿寺院，登上高高的阁台，星月在云的遮蔽下，隐约朦胧。猿猴鸣叫，寺钟敲响，不知天已亮，明晃晃的太阳，升起在东方。

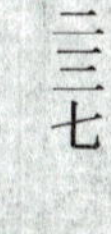

石鼓歌

张生手持石鼓文，劝我试作石鼓歌。少陵无人谪仙死①，才薄将奈石鼓何。周纲陵迟四海沸②，宣王愤起挥天戈③。大开明堂受朝贺，诸侯剑佩鸣相磨④。蒐于岐阳骋雄俊⑤，万里禽兽皆遮罗⑥。镌功勒成告万世⑦，凿石作鼓隳嵯峨⑧。从臣才艺咸第一，拣选撰刻留山阿。雨淋日炙野火燎，鬼物守护烦㧑呵⑨。公从何处得纸本，毫发尽备无差讹。辞严义密读难晓，字体不类隶与蝌⑩。年深岂免有缺画，快剑斫断生蛟鼍⑪。鸾翔凤翥众仙下⑫，珊瑚碧树交枝柯⑬。金绳铁索锁钮壮⑭，古鼎跃水龙腾梭⑮。陋儒编诗不收入⑯，二雅褊迫无委蛇⑰。孔子西行不到秦，掎摭星宿遗羲娥⑱。嗟余好古生苦晚，对此涕泪双滂沱。忆昔初蒙博士征⑲，其年始改称元和。故人从军在右辅，为我度量掘臼科⑳。濯冠沐浴告祭酒㉑，如此至宝存岂多。毡包席裹可立致，十鼓只载数骆驼。荐诸太庙比郜鼎㉒，光价岂止百倍过㉓。圣恩若许留太学㉔，诸生讲解得切磋。观经鸿都尚填咽㉕，坐见举国来奔波㉖。剜苔剔藓露节角㉗，安置妥帖平不颇㉘。大厦深檐与盖覆，经历久远期无佗㉙。中朝大官老于事，讵肯感激徒媕婀㉚。牧童敲火牛砺角㉛，谁复著手为摩挲㉜。日销月铄就埋没，六年西顾空吟哦㉝。羲之俗书趁姿媚㉞，数纸尚可博白鹅㉟。继周八代争战罢，无人收拾理则那㊱。方今太平日无事，柄任儒术崇丘轲㊲。

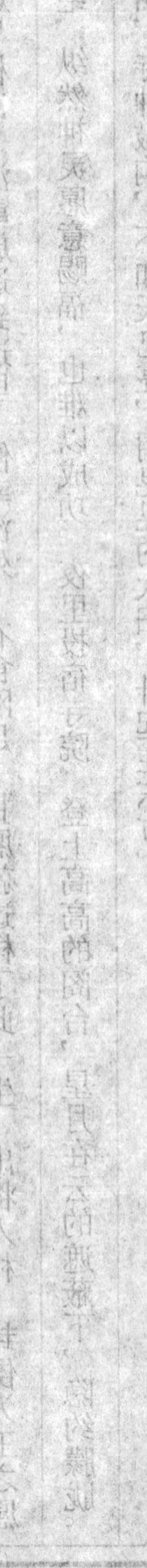

安能以此上论列㊳，愿借辩口如悬河。石鼓之歌止于此，呜呼吾意其蹉跎㊴。

注释

①少陵：杜甫。谪仙：李白。②周纲：周朝的朝纲。陵迟：衰败。③宣王：周宣王，周室中兴之主。挥天戈：喻宣王之开疆扩土、平定叛乱。④「诸侯」句：形容朝拜的诸侯众多，以致剑佩相磨而鸣响。剑佩，剑上的玉饰。⑤蒐（sōu）：打猎。岐阳：岐山之南。⑥遮罗：被网围拦捕。⑦镌功勒成：刻功业成就于石上。勒，刻。成，成就。⑧隳（huī）：毁坏。⑨扐：同「挥」。呵：呵斥。⑩隶：隶书。蝌：指蝌蚪文，一种古文字。⑪「快剑」句：此句是写石鼓文已然残缺。斫（zhuó）：砍。蛟鼍（tuó）：蛟龙。⑫「鸾翔」句：形容字体活泼灵动，有如鸾飞凤舞，天上众仙飘忽而下。翥（zhù）：飞。⑬「珊瑚」句：形容文字相互交错。⑭「金绳」句：喻字体的苍劲勾连。⑮古鼎跃水：形容字体沉稳而有灵气。龙腾梭：古有龙化梭的传说。⑯诗：指《诗经》。⑰二雅：指《诗经》中的《大雅》《小雅》。褊（piǎn）迫：狭小。委蛇：宽大从容的样子。⑱「孔子」两句：意谓孔子因未到秦地，故采诗未收石鼓文，就像只取了星宿而遗漏了太阳和月亮。掎（jǐ）摭（zhí）：摘取。羲羲和，指太阳。娥：嫦娥，指月亮。⑲「忆昔」句：指元和元年韩愈召为国子博士。⑳臼科：埋石鼓的坑穴。㉑濯（zhuó）：洗涤。㉒荐：进献。郜鼎：太庙中的神器。㉓光价：身价。㉔太学：国子监。㉕观经鸿都：到鸿都门观看、摹写经文。鸿都，藏书之所。填咽（yè）：拥塞。㉖坐：即将。㉗节角：文字的棱角。㉘颇：

歪斜。㉙无佗：不出其他问题。㉚讵（jù）肯：岂肯。媕（ān）婀（ē）：无主见，犹豫不决。㉛敲火：敲石取火。砺：磨。㉜摩挲：抚摸玩赏。㉝六年西顾：此诗是元和六年作。㉞羲之：东晋王羲之。㉟「数纸」句：王羲之爱鹅，曾书写《道德经》以换一山阴道士之鹅。㊱则那（nuó）：又奈何。㊲柄任儒术：尊儒之意。丘轲：指孔子与孟子。㊳论列：议论。㊴其蹉跎：意谓将只是白费心思而已。

译文

张彻手拿拓片《石鼓文》，勉我尝试作首《石鼓歌》。李杜去世诗界已无人，我才疏学浅怎堪将此重任荷。没奈何，试为歌：周历王朝纲倾颓啊，四海动荡如沸锅；宣王中兴啊，愤然决起顺天乘时动干戈。他大开明堂啊，接受四面八方来朝贺；百千诸侯啊，挤挤攘攘佩剑佩玉相鸣和。岐山之南啊，宣王驰猎阅兵显雄俊；万里山林啊，飞禽走兽一概截杀或网罗。刻石纪功啊，要将天子威严传万世；开山取石啊，凿成石鼓高山也削破。从猎群臣啊，才能技艺皆超众；佳中选佳啊，撰写刻石留置在山阿。千年雨淋啊烈日晒，野火熊熊啊来烧炙。石鼓无恙啊传至今，似有鬼神守护挥斥呵喝不许来侵磨。张君啊，一纸拓本你何处得，纤毫必备啊笔画一丝没差讹。它辞义隐秘啊，令人难读解；字体古拙啊，不同隶体不类蝌蚪书。年深月久啊，点画不免有缺损；恰似那利剑砍断生龙与活鼍。布局活泼啊，就似鸾凤翱翔群仙从天降；又像那珊瑚枝丫碧玉树，枝柯拳曲啊相交互。它气势遒挺就像飞龙携带古鼎飞，铜绳铁索啊锁不住。可叹那儒生浅陋啊，编《诗》

不录石鼓文；致使那《大雅》《小雅》啊，所收史诗边幅狭隘没气度。孔子西行啊，可惜未到秦；他删订《诗经》啊，拣取星星忘却日月意为何？我生性好古啊，奈何出生晚；得见古文啊，不觉涕泪交下如雨注。想当初我蒙恩召还拜博士，这一年啊更改年号名元和。老朋友啊，从军凤翔称右辅；曾为我啊，筹划发掘古石鼓。我洗冠沐浴啊，将此建议告祭酒：『如此至宝啊，至今存世并不多。只需毡毯包扎啊草席裹，石鼓十座啊，立即取来不过使唤几匹高骆驼。若将石鼓献供太庙中，光辉声价啊不可度；鲁国桓公取得郜大鼎，石鼓胜鼎啊百倍多。圣上恩光如将石鼓留太学，诸生学经啊可以比较印证来切磋。汉灵帝时刻石经，观赏摹写啊人拥簇；石鼓若能再现在我唐，将见举国之人啊争赏竞奔波。石鼓年久啊生苔藓，还当细心剔除莫使文字棱角被伤磨。安置也当费心思，不能歪斜啊要平妥。太学大厦啊檐盖深，可遮雨淋啊可挡风。哪怕更历千万年，古物珍宝啊可以免灾祸。』谁知道朝中大僚官场混得久，呷呷啊啊敷衍塞责无人肯听我。从此后牧童敲鼓啊来点火，牛儿借鼓啊把角磋。谁人有幸啊观宝物，更不说留恋把玩细琢磨。石鼓日日磨损啊月月耗，眼看荒野之中啊久埋没。建议以来已经六年多，我西望石鼓啊空自惋叹多。时俗论书啊贵妩媚，常推羲之古来无；数纸俗书啊片刻成，可以换来一笼鹅。想那周朝以来八代争战今已罢，理当重文啊惜古物。可奈何无人理会石鼓文，厚今薄古啊天理在何处。当今天下太平日无事；重用儒生啊崇拜孔丘与孟轲。怎将此议朝堂来论列；愿借张君啊辩才滔滔若悬河。石鼓一曲啊到此止，可叹陋见只怕空费墨。

左迁至蓝关示侄孙湘

一封朝奏九重天，夕贬潮州路八千。欲为圣明除弊事，肯将衰朽惜残年！
云横秦岭家何在？雪拥蓝关马不前。知汝远来应有意，好收吾骨瘴江边。

译文

早晨给皇帝上奏了一封进谏的表章，晚上就被贬官到八千里外的潮州。想要为皇上革除朝政弊端，哪能因衰老就吝惜自己残余的生命。云雾横阻秦岭，我的家在哪里？大雪阻塞蓝关，连马都不肯向前走。知道你远道而来相送的深意，正好在瘴江边收敛我的尸骨。

题楚昭王庙

丘坟满目衣冠尽，城阙连云草树荒。犹有国人怀旧德，一间茅屋祭昭王。

译文

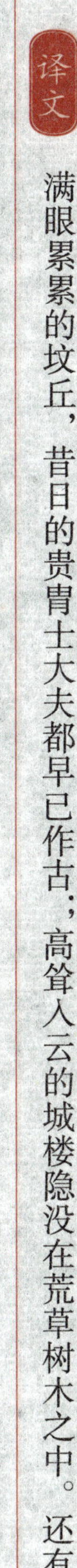

满眼累累的坟丘，昔日的贵胄士大夫都早已作古；高耸入云的城楼隐没在荒草树木之中。还有遗民怀念昔日楚昭王的恩德，一间茅屋中祭奠着他的英灵。

听颖师弹琴

昵昵儿女语，恩怨相尔汝。划然变轩昂，勇士赴敌场。浮云柳絮无根蒂，天地阔远随飞扬。喧啾

百鸟群，忽见孤凤凰。跻攀分寸不可上，失势一落千丈强。嗟余有两耳，未省听丝篁①。自闻颖师弹，起坐在一旁。推手遽止之，湿衣泪滂滂。颖乎尔诚能，无以冰炭置我肠！

注释 ①丝篁：丝、竹，即弦乐器和管乐器，这里泛指音乐。

译文 琴音袅袅，仿佛一对青年男女在谈情说爱，窃窃私语。突然音调激昂起来，宛如勇士挥剑冲上战场，继而又像浮云柳絮无根无蒂，漫无目的地随风飞舞。瞬时间百鸟齐鸣，一片喧嚣，忽见一只凤凰引吭长鸣，它不甘与凡鸟为伍，一心想攀上高峰却举步维艰，稍不小心就跌落千丈。惭愧啊，我空有双耳，却不懂欣赏音乐。自从你的琴音响起，我在一旁不断地起身坐下。突然我伸手阻止你再弹下去，泪如雨下早已打湿了我的衣裳。颖师你琴艺的确高绝，但是别再把冰与炭放进我的腹中，我感情跌宕起伏实在难以忍受。

早春呈水部张十八员外

天街小雨润如酥，草色遥看近却无。最是一年春好处，绝胜烟柳满皇都。

译文 长安细雨纷纷，滋润万物。远远看去草色一片碧绿，走近了看却稀疏零星，若有若无。这是一年中最美的早春景色，远远胜过绿柳满城的暮春。

晚春

草树知春不久归，百般红紫斗芳菲。杨花榆荚无才思，惟解漫天作雪飞。

译文 花草树木知道春天就要结束，争相斗艳想留住她离去的脚步。就连姿色平庸的杨花和榆钱也不甘寂寞，在风中翩翩起舞，好似漫天飞雪。

卢仝

卢仝（约795—835），范阳（今河北涿州）人，自号玉川子，年轻时曾隐居少室山。他的诗歌受到韩愈的高度称赞（韩愈当时为河南令）。官府曾要起用他为谏议大夫，但他不愿入仕途，拒之。甘露之变时，他因留宿宰相王涯家而遇害，死时仅40岁。卢仝爱茶成癖，有《茶歌》流传于世，受到世人的仰慕与推崇。

走笔谢孟谏议寄新茶①

日高丈五睡正浓，军将打门惊周公。口云谏议送书信，白绢斜封三道印。开缄宛见谏议面，手阅月团三百片②。闻道新年入山里，蛰虫惊动春风起。天子须尝阳羡茶③，百草不敢先开花。仁风暗结珠琲瓃，先春抽出黄金芽④。摘鲜焙芳旋封裹，至精至好且不奢⑤。至尊之余合王公，何事便到山人家。

柴门反关无俗客，纱帽笼头自煎吃。碧云引风吹不断，白花浮光凝碗面。一碗喉吻润，两碗破孤闷。三碗搜枯肠，唯有文字五千卷。四碗发轻汗，平生不平事，尽向毛孔散。五碗肌骨清，六碗通仙灵。七碗吃不得也，唯觉两腋习习清风生。蓬莱山，在何处？玉川子，乘此清风欲归去。山上群仙司下土，地位清高隔风雨。安得知百万亿苍生命，堕在巅崖受辛苦！便为谏议问苍生，到头还得苏息否⑥？

注释 ①走笔：疾书。孟谏议：即孟简，字几道，唐德州平昌（今山东商河以北）人。进士及第，官至谏议大夫，历任常州、越州、襄州、睦州等地刺史。②手阅：亲手收检。月团：即茶饼。③阳羡茶：产于江苏宜兴的唐贡山、南岳寺、离墨山、茗岭等地，以汤清、芳香、味醇等特点而誉满全国。④黄金芽：最早发出的一些茶芽，颜色微黄。⑤不奢：指茶叶的数量不多。⑥苏息：困乏后得到休息。

译文 太阳当头我午睡正酣，送茶军将的敲门声将我从梦中惊醒。说是奉孟谏议的命令来送信和新茶，一包白绢密封着加盖三道泥印。开封读信如见孟谏议本人，手里拿着三百片圆圆的茶饼。听说采茶要入春就进山，那时惊蛰刚过春风渐起。皇帝要先品尝新鲜的阳羡茶，没有草木敢先于茶树开花。仁德之风催发茶树的蓓蕾，早春就抽出了金黄色的嫩芽。采摘焙炒之后立刻封好，真是精工细作、品质上乘。天子品尝后又有高官显贵享受，如今竟到了我这山野人家。我紧闭柴门不再待客，自顾自地煎了茶叶要品尝。茶水泡沫宛如碧绿的云彩风吹不断，汇聚在一起恰似一碗面。一碗下去喉咙润泽，两碗就可使人心灵宁静不再寂寞。第三碗下去好像搜肠刮肚，心中的感慨似乎一下能写出五千卷。第四碗下去就全身冒汗，一生的不如意好像都从毛孔中散出。第五碗喝下皮肤骨骼轻飘飘，第六碗喝下后已能通灵。千万莫喝第七碗，否则只觉两腋生风就要飞起。蓬莱仙境，你在哪里？我是玉川子，要乘这阵清风去寻你。蓬莱山的仙人统辖人间，地位尊贵又不受风吹雨打。怎能知道凡间亿万苍生，都在危险的边缘备受煎熬。我要替孟谏议问问神仙，那亿万苍生究竟何时才能休养生息？

有所思

当时我醉美人家，美人颜色娇如花。今日美人弃我去，青楼珠箔天之涯①。天涯娟娟姮娥月②，三五二八盈又缺。翠眉蝉鬓生别离③，一望不见心断绝。心断绝，几千里？梦中醉卧巫山云，觉来泪滴湘江水。湘江两岸花木深，美人不见愁人心。含愁更奏绿绮琴，调高弦绝无知音。美人兮美人，不知为暮雨兮为朝云。相思一夜梅花发，忽道窗前疑似君。

注释 ①青楼：豪华精致的楼房，常指美人的居所。珠箔：即珠帘子。②姮娥：即『嫦娥』。③翠眉蝉鬓：均指美人。翠眉，用深绿色的螺黛画眉。蝉鬓，古代妇女的一种发式，望之缥缈如蝉翼，故云。

译文 当时我醉倒在美人家，美人的容颜娇艳如花。如今美人弃我而去，到了那遥远的显贵人家。天涯那

美好的明月，十五圆满十六又缺了。我与美人生生别离，一望见不到，心痛欲绝。心痛欲绝，有几千里啊？梦中得与美人幽会，醒来后惨然泪洒湘江水。湘江两岸的花木深深，不见美人心内生愁。含着愁怨弹奏绿琴，音调高昂弦索断绝，没有知音人。美人啊！美人！不知你为暮雨，还是朝云。相思一夜，不知梅花开了，忽然伸向窗前，让我恍然觉得是你迎面而来。

徐凝

徐凝，睦州人，分水柏山（今桐庐县分水镇柏山村）人。初游长安，因不愿炫耀才华，没有拜谒显贵，竟未能成名。唐元和中举进士，官至侍郎。后归乡里，诗酒以终。

忆扬州

萧娘脸薄难胜泪①，桃叶眉长易觉愁②。天下三分明月夜，二分无赖是扬州。

注释 ①萧娘：南朝以来，诗词中的男子所恋的女子常被称为萧娘，女子所恋的男子常被称为萧郎。②桃叶：晋代王献之的爱妾名桃叶。这里用以代指所思念的佳人。

译文 萧娘娇美的脸上似乎难以承受住泪珠儿，桃叶的修眉让人感觉容易生愁。天下明月的光华有三分吧，无赖的扬州啊，你竟然占去了两分。

许浑

许浑，字用晦（一作仲晦），润州丹阳（今属江苏）人，生卒年不详。因以『丁卯』命名自己的诗集，后人因而称之为『许丁卯』。文宗大和六年（832）登进士第，历任当涂、太平县令，虞部员外郎，郢、睦刺史等职。其诗专攻律体，怀古和田园诗写得较好。

秋日赴阙题潼关驿楼

红叶晚萧萧，长亭酒一瓢。残云归太华①，疏雨过中条②。树色随关迥③，河声入海遥。帝乡明日到④，犹自梦渔樵。

注释 ①太华：华山。②中条：山名，在今山西省境内。③迥：远。④帝乡：指长安。

译文 红叶在晚风中飒飒作响，长亭中有瓢酒相伴。华山顶上聚集着几朵残云，中条山上下着稀疏的秋雨。树色随着潼关山势向远处延伸，河水咆哮着流入大海。明天就可以到达京城长安了，可我仍然梦想着故乡的渔樵生活。

谢亭送别

劳歌一曲解行舟①，红叶青山水急流。日暮酒醒人已远，满天风雨下西楼②。

注释 ①劳歌：送客时唱的歌，后来成为送别歌的代称。②西楼：指送别的谢亭。

译文 唱完一曲送别的歌后解开小船，朋友即将离去，江水在满是红叶的青山间奔流。天色渐晚，酒醒后我才知道朋友已经远去，漫天风雨中我走下了西楼。

早秋

遥夜泛清瑟①，西风生翠萝。残萤栖玉露，早雁拂金河②。高树晓还密，远山晴更多。淮南一叶下，自觉洞庭波。

注释 ①遥夜：长夜。瑟：弦乐器，似琴。②金河：秋日夜空中的银河。

译文 长夜飘荡着清泠瑟声，西风吹过，青萝摆动。几只残萤，栖息在凝露的草上，清晨，大雁掠过银河。高大的树木，拂晓看来还很茂密，晴天时，远山更加层次分明。《淮南子》言『一叶落而知岁暮』，我领略到『洞庭波兮木叶下』的诗情。

杜牧

杜牧（约803—852），字牧之，京兆万年（今属西安）人，宰相杜佑之孙。唐文宗大和二年（828）进士，为弘文馆校书郎。随后赴江西、淮南、宣歙等地任幕僚，后历任左补阙，膳部、比部员外郎，黄州、池州、睦州刺史，司勋员外郎，史馆修撰，湖州刺史，知制诰等职，最终官至中书舍人。其诗风格俊爽清丽，独树一帜，尤长于七言律诗和绝句。

长安秋望

楼倚霜树外①，镜天无一毫。南山与秋色②，气势两相高③。

注释 ①倚：靠着。②南山：指终南山。③气势：景象，气派。

译文 楼台倚靠在经霜的秋树上，天空就像一面纤尘不染的镜子。高耸的终南山与高远寂寥的秋色相比，气势难分高低。

赤壁

折戟沉沙铁未销①，自将磨洗认前朝②。东风不与周郎便，铜雀春深锁二乔③。

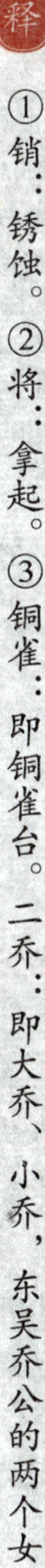

注释 ①销：锈蚀。②将：拿起。③铜雀：即铜雀台。二乔：即大乔、小乔，东吴乔公的两个女儿。

译文 折断的画戟沉在泥沙中还没有完全锈蚀，我亲自拿起将它磨洗干净，认出是三国时的兵器。如果东风不来帮助周瑜，那么铜雀台将幽禁着大乔、小乔。

将赴吴兴登乐游原

清时有味是无能，闲爱孤云静爱僧。欲把一麾江海去①，乐游原上望昭陵。

注释 ①一麾：州太守的旌麾。

译文 盛世清明，我游乐清闲，只因无能，只好寄情孤云，更喜高僧清静生活。即将手握旌旗，远去吴兴，乐游园上百感交集，怅望昭陵。

山行

远上寒山石径斜①，白云生处有人家②。停车坐爱枫林晚③，霜叶红于二月花。

注释 ①寒山：指深秋时候的山。②白云生处：白云缭绕而生的地方，指山的深处。③坐：因为，由于。

译文 驱车沿着蜿蜒的山路向山中行进，白云缭绕的地方居住着几户人家。停下车来只是因为喜爱傍晚的枫林，那被霜打过的枫叶比二月的鲜花还要红艳。

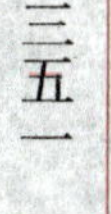

清明

清明时节雨纷纷，路上行人欲断魂①。借问酒家何处有②，牧童遥指杏花村③。

注释 ①断魂：形容内心忧郁愁苦。②借问：请问。③遥指：指向远处。

译文 清明节这天细雨纷纷，路上远行的人内心愁苦，好像断了魂。我向放牧的孩子询问哪里有酒店，他用手指向远处的杏花村。

秋夕①

银烛秋光冷画屏②，轻罗小扇扑流萤③。天阶夜色凉如水，坐看牵牛织女星。

注释 ①秋夕：指农历七月初七的夜晚。②画屏：画有图案的屏风。③轻罗：柔软的丝织品。流萤：飞动的萤火虫。

译文 七夕的夜晚，烛光映照在清冷的画屏上，宫女拿着轻罗小扇扑打着纷飞的萤火虫。夜晚渐渐寒冷，坐在台阶上仰望天河两边的牵牛织女星。

泊秦淮

烟笼寒水月笼沙，夜泊秦淮近酒家①。商女不知亡国恨②，隔江犹唱后庭花③。

注释 ①泊：停泊。②商女：卖唱的歌女。③《后庭花》：即《玉树后庭花》，南唐陈后主所作的歌曲，被称为『亡国之音』。

译文 迷蒙的烟雾笼罩着寒冷的河水，月光笼罩着沙岸，夜晚我把船停靠在临近酒店的秦淮河边。歌女不知道什么是亡国恨，依然在对岸唱着《玉树后庭花》。

江南春

千里莺啼绿映红，水村山郭酒旗风。南朝四百八十寺，多少楼台烟雨中。

译文 江南千里之地，到处都有黄莺娇啼阵阵，绿叶衬托红花，依山傍水的村庄和城镇，酒旗迎风招展。南朝曾修建过无数座寺庙，有多少楼台如今还在这春风春雨中若隐若现呢。

寄扬州韩绰判官

青山隐隐水迢迢①，秋尽江南草未凋。二十四桥明月夜，玉人何处教吹箫②？

注释 ①迢迢：形容水流绵长。②玉人：指韩绰。

译文 隐隐的群山连绵起伏，江流悠远绵长。深秋时节已过，江南的草木还没有凋落。在二十四桥畔，皎洁的明月高悬夜空，老朋友，你又在哪儿教歌女吹箫呢？

金谷园

繁华事散逐香尘①，流水无情草自春。日暮东风怨啼鸟，落花犹似坠楼人②。

注释 ①香尘：沉香屑。②坠楼人：指石崇的爱妾绿珠，曾为石崇坠楼而死。

译文 繁华往事像香尘一样飘散，流水无情，野草年年绿意黯然。黄昏时分，东风里传来鸟儿的悲鸣，纷纷飘落的花朵就像坠楼的美人。

赠别（一）

娉娉袅袅十三余①，豆蔻梢头二月初。春风十里扬州路②，卷上珠帘总不如。

注释 ①娉娉：形容貌美。袅袅：形容体态优美。②春风十里：指繁华的扬州。

译文 身姿轻盈，举止优雅，年且十三的少女恰如二月里那枝头上含苞待放的花朵。我看遍了整个扬州城的美女，始终觉得她是最美的。

赠别（二）

多情却似总无情，唯觉樽前笑不成①。蜡烛有心还惜别，替人垂泪到天明②。

注释

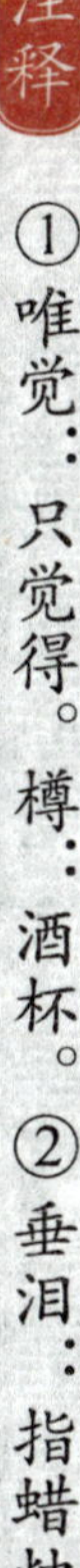

①唯觉：只觉得。樽：酒杯。②垂泪：指蜡烛油向下滴落。

译文 往日情深意厚，此时相对无言，却像是彼此无情了。我举起酒杯想对你微笑，只觉得笑不出来。蜡烛仿佛也在为我们的离别感到伤心，一直默默流泪到天明。

过华清宫①

长安回望绣成堆，山顶千门次第开②。一骑红尘妃子笑③，无人知是荔枝来。

注释 ①华清宫：唐玄宗与杨玉环的避暑胜地。②次第：按顺序。③妃子：指杨贵妃。

译文 从长安城回望骊山，只见四周景物宛如一堆锦绣，山顶上一道道门依次打开。一个人在策马奔腾，红尘滚滚，杨贵妃嫣然一笑，没有人知道这是从很远的南方为她送来的鲜荔枝。

叹 花

自是寻春去校迟①，不须惆怅怨芳时。狂风落尽深红色②，绿叶成阴子满枝③。

注释 ①校：即『较』，比较。②深红色：借指鲜花。③子满枝：双关语。既是说花落结子，也暗指当年的妙龄少女如今已结婚生子。

译文 自是我寻春赏花去得晚了，不应该惆怅怨嗟芳华时节已逝。狂风吹落尽了深红色的花，绿树已经成阴，果子长满了枝头。

遣 怀

落魄江湖载酒行，楚腰纤细掌中轻①。十年一觉扬州梦，赢得青楼薄倖名。

注释 ①楚腰：用楚灵王好细腰典。掌中轻：用汉代赵飞燕体轻能在掌上起舞的典故。

译文 潦倒漂泊江湖，我带酒而行，沉溺美色，欣赏细腰轻盈。蹉跎十年，竟如一场扬州春梦；流连青楼，落得个薄情郎的声名。

温庭筠

温庭筠（约812—870），本名岐，字飞卿，太原祁（今山西祁县）人，唐宰相温彦博之后。幼时才思敏捷，词赋出众，却数举进士不第，遂客游江淮。宣宗时再次应试，代人作赋，搅扰科场，被贬为隋县尉。徐商镇襄阳时辟为巡官。懿宗时任方城尉，最终官至国子助教。温庭筠诗词俱佳，以词著称。其诗词在艺术上有独到之处，清婉精丽，备受时人推崇。其中少数作品反映时政，抨击现实。他与李商隐齐名，并称『温李』。

瑶瑟怨

冰簟银床梦不成①，碧天如水夜云轻。雁声远过潇湘去②，十二楼中月自明③。

注释 ①冰簟：清凉的竹席。②潇湘：二水名，在今湖南境内。此处代指楚地。③十二楼：原指神仙的居所，此指女子的住所。

译文 秋夜床席冰冷梦也难以做成，天空碧蓝如海夜云像纱一样轻。雁声凄厉远远地飞过潇湘去，十二楼中的明月空自放光明。

利州南渡

澹然空水对斜晖①，曲岛苍茫接翠微②。波上马嘶看棹去③，柳边人歇待船归。

数从沙草群鸥散，万顷江田一鹭飞。谁解乘舟寻范蠡④，五湖烟水独忘机⑤。

注释 ①澹然：水波荡漾的样子。②翠微：青翠的山色。③棹（zhào）：指船。④范蠡：春秋时楚国人，曾助越灭吴。功成名就后辞官乘舟而去，泛于五湖。⑤机：机心，欲念。

译文 江面空阔，映带夕阳余晖；岛岸曲折苍茫，连接青翠山气。骏马嘶鸣，看那渡船远去；人们在柳边休息，等待渡船归来。沙洲草丛里，鸥群被惊散；万顷水田上，一只白鹭孤飞。谁能理解我乘舟寻找范蠡的志趣；五湖浩渺，我忘掉了世俗机心。

商山早行

晨起动征铎①，客行悲故乡。鸡声茅店月，人迹板桥霜。

槲叶落山路②，枳花照驿墙③。因思杜陵梦④，凫雁满回塘⑤。

注释 ①动征铎（duó）：震动出行的铃铛。征铎，车行时悬挂在马颈上的铃铛。铎，大铃。②槲（hú）：一种落叶乔木。叶子在冬天虽枯而不落，春天树枝发芽时才落。③枳（zhǐ）：也叫『臭橘』，一种落叶灌木或小乔木。春天开白花，果实似橘而略小，酸不可吃，可用作中药。驿（yì）墙：驿站的墙壁。驿，古时候递送公文的人或来往官员暂住、换马的处所。④杜陵：地名，在长安城南（今陕西西安东南），古为杜伯国，秦置杜县，汉宣帝筑陵于东原上，因名杜陵。这里指长安。⑤凫（fú）雁：凫，野鸭；雁，一种候鸟，春来往北飞，秋天往南飞。回塘：岸边弯曲的湖塘。

译文 黎明起床，车马的铃铎已叮当作响，旅客行走他方，还一心思念故乡。鸡鸣声中，茅草店沐浴着月光；人行在板桥上，足迹叠印着寒霜。槲叶片片落满了荒山的野路，淡白的枳花朵朵，照亮了驿站的泥墙。因而想起昨夜梦见杜陵的美好情景，一群群凫雁落满了弯曲的湖塘。

送人东归

荒戍落黄叶①，浩然离故关②。高风汉阳渡③，初日郢门山④。
江上几人在，天涯孤棹还⑤。何当重相见⑥，樽酒慰离颜。

注释　①荒戍：荒废的防地营垒。②故关：旧时的关塞。③汉阳渡：在今湖北武汉。④郢门山：在今湖北宜都。⑤棹（zhào）：舟楫。⑥何当：何时。

译文　荒废的防地，落满黄叶，（你）胸怀远志离开家乡。风高行船，很快就到汉阳，太阳初升时，就能到郢门山。汉阳还有几个朋友？漂泊天涯，盼你早日回还。什么时候才能再见，再喝几杯吧，暂慰离别愁颜。

苏武庙

苏武魂销汉使前①，古祠高树两茫然。云边雁断胡天月，陇上羊归塞草烟。
回日楼台非甲帐②，去时冠剑是丁年③。茂陵不见封侯印④，空向秋波哭逝川⑤。

注释　①苏武：汉武帝天汉元年奉命赴匈奴，被匈奴扣留流放至北海牧羊。他羁留匈奴长达十九年，始终坚贞不屈，汉昭帝时遣使迎回长安。魂销：极度地感慨和激动。②甲帐：汉武帝用的帷帐。本句是讲苏武归来时武帝已死。③丁年：壮年。④茂陵：汉武帝陵墓。⑤逝川：逝去的时间。

译文　苏武曾在汉使前，激动感慨，面对他祠堂的大树，我不禁茫然，塞外明月高挂，大雁消失在云边；荒寒牧羊归来，草原升起暮烟。回朝了，楼台依旧，而武帝已逝；出使时，戴冠佩剑还是壮年。武帝已葬茂陵，看不到他封侯受爵，只能面对秋水，凭吊先皇，哀叹逝去华年。

陈　陶

陈陶（约812—885），字嵩伯，一说岭南人，据其诗作题目及内容（《投赠福建路罗中丞》诗中称建水一带山水为『家山』）来看，应为剑浦（今福建南平）人，岭南大约为其祖籍。早年曾在长安游学，颇通天文历数，尤擅诗歌，科举失利后云游各地。唐宣宗大中年间前往洪州西山（今江西新建西）隐居，后无音讯。

陇西行

誓扫匈奴不顾身，五千貂锦丧胡尘。可怜无定河边骨，犹是春闺梦里人。

译文　发誓要扫灭匈奴奋不顾身，五千军士与胡人激战丧生。可怜无定河边的累累白骨，还是春闺少妇梦里的亲人。

李商隐

李商隐（812—858），祖籍怀州河内（今河南沁阳），生于河南荥阳（今郑州荥阳）。唐文宗开成三年（838）进士及第。与杜牧合称『小李杜』；与温庭筠合称『温李』；因诗文与同时期的段成式、温庭筠风格相近，以俪偶相夸，且三人都在家族里排行第十六，故并称『三十六体』因被卷入牛李党争的夹缝之中，一生都沉沦下僚，最后抑郁而死。作品收录在《李义山诗集》中。

锦瑟

锦瑟无端五十弦，一弦一柱思华年。庄生晓梦迷蝴蝶，望帝春心托杜鹃。

沧海月明珠有泪，蓝田日暖玉生烟。此情可待成追忆，只是当时已惘然。

译文 锦瑟为什么要有五十根弦，一弦一柱令我想起了华年。庄周晓梦中自己变成蝴蝶，望帝化作杜鹃寄托春心哀怨。月光下大海明珠潸然泪下，暖日中蓝田宝玉朦胧生烟。此情此景岂止今天才追忆，在当时就已使人不胜怅然。

为有

为有云屏无限娇①，凤城寒尽怕春宵②。无端嫁得金龟婿，辜负香衾事早朝③。

注释 ①云屏：以云母石饰制的屏风。②凤城：京城。③衾：被子。

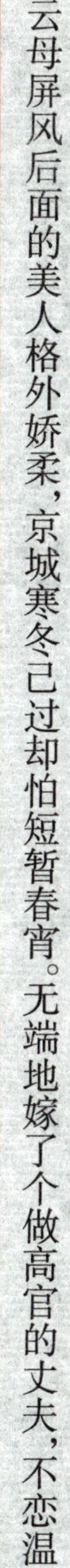

译文 云母屏风后面的美人格外娇柔，京城寒冬已过却怕短暂春宵。无端地嫁了个做高官的丈夫，不恋温暖香衾只想去上早朝。

登乐游原

向晚意不适①，驱车登古原②。夕阳无限好，只是近黄昏。

注释 ①向晚：傍晚。意不适：心情不舒畅。②古原：指乐游原。

译文 傍晚时分，觉得心情不太舒畅，于是我驾着马车登上了城东南的乐游原。夕阳景色美不胜收，只是现在已经临近黄昏，这样的美景转瞬即逝。

韩碑

元和天子神武姿，彼何人哉轩与羲①。誓将上雪列圣耻②，坐法宫中朝四夷③。淮西有贼五十载，封狼生貙貙生罴④。不据山河据平地，长戈利矛日可麾。帝得圣相相曰度，贼斫不死神扶持⑤。腰悬相印作都统⑥，阴风惨澹天王旗⑦。愬武古通作牙爪⑧，仪曹外郎载笔随⑨。行军司马智且勇⑩，十四万众犹虎貔⑪。入蔡缚贼献太庙⑫，功无与让恩不訾⑬。帝曰汝度功第一，汝从事愈宜为辞⑭。愈

拜稽首蹈且舞⑮，金石刻画臣能为。古者世称大手笔，此事不系于职司当仁自古有不让⑯，言讫屡颔天子颐⑰。公退斋戒坐小阁⑱，濡染大笔何淋漓。点窜尧典舜典字⑲，涂改清庙生民诗⑳。文成破体书在纸㉑，清晨再拜铺丹墀㉒。表曰臣愈昧死上㉓，咏神圣功书之碑。碑高三丈字如斗，负以灵鳌蟠以螭㉔。句奇语重喻者少㉕，谗之天子言其私。长绳百尺拽碑倒，粗沙大石相磨治㉖。公之斯文若元气，先时已入人肝脾。汤盘孔鼎有述作，今无其器存其辞。呜呼圣王及圣相，相与烜赫流淳熙㉗。公之斯文不示后，曷与三五相攀追㉘。愿书万本诵万遍，口角流沫右手胝㉙？传之七十有二代，以为封禅玉检明堂基㉚。

注释

①轩：轩辕氏。羲：伏羲氏。②列圣耻：唐王朝从安史之乱起便形成了外敌频侵、藩镇割据的局面，宪宗之前的几个皇帝曾因为吐蕃的侵略与地方军阀的叛乱而出奔。③法宫：皇帝处理政务的正殿。四夷：泛指四方边地。④『淮西』两句：意谓淮西等地为奸贼割据了五十多年，而这些武臣的残暴又是代代相承的。貙（chū）、罴（pí），都是凶猛的野兽。⑤『帝得』两句：意谓唐宪宗得到贤明的宰相名叫裴度，贼寇们暗杀他不死是神明的庇佑。⑥都统：军队的统帅。⑦天王旗：皇帝的旗帜。⑧愬（sù）武古通：指裴度手下的大将李愬、韩公武、李道古、李文通。⑨仪曹：礼部官员。⑩行车司马：指韩愈，其时他担任军中顾问。⑪貔（pí）：传说中的猛兽。⑫『入蔡』句：指元和十二年十月李愬夜袭蔡州，擒叛将吴元济，斛至长安一事。⑬恩不訾（zī）：意谓皇上对他的恩遇不可估量。訾：计量。⑭宜为辞：指诏命韩愈作《平淮西碑》。⑮稽（qǐ）首：叩头。⑯『此事』句：指此事重大，不能交给一般文字官员。⑰讫（qì）：毕。颔：点头。颐：下巴。⑱公：指韩愈。⑲点窜：指修改字句。⑳清庙、生民：《诗经》篇名。㉑破体：行书的一种。㉒丹墀（chí）：皇宫前的红色台阶。㉓昧死：冒死。㉔灵鳌（áo）：负碑的大龟。螭（chī）：无角龙。此指碑上所刻的螭形花纹。㉕喻：理解。㉖『谗之』三句：指李愬之妻入宫向宪宗言碑文不实，宪宗遂命磨去碑文，遣人重撰一事。㉗烜（xuǎn）赫：显赫。㉘『公之』两句：意谓韩碑碑文若不能昭示后世，宪宗功业又如何与三皇五帝相承接。㉙胝（zhī）：茧。㉚玉检：封存封禅文书的器具。明堂：天子处理政务、召见诸侯的地方。

译文

宪宗皇帝雄姿英武，他是什么人？他可以与黄帝伏羲比肩。发誓要洗雪历代祖宗所蒙受的羞耻，坐在正殿上接受四方朝拜。淮河以西，叛贼盘踞已有五十年，就像狼生貙貙生罴一样。代代相承。他们不占领险峻山川，而占领平地，挥动长戈利矛，连太阳也可被赶走。君王有个贤明的宰相裴度，遭贼人暗杀，赖神明庇佑而未死。腰里悬系相印，兼做行营都统，秋风惨淡，吹动天王大旗。愬、武、古、通四将做助手，仪曹和外郎为随军书记。行军司马韩愈，智勇双全，十四万大军，如勇猛虎貔。攻破蔡州，捆绑叛贼进献太庙，

这个功劳举世无双，朝廷封赏很高。皇帝说，裴度的功劳数第一，你的从事韩愈，应写篇文章来记述。韩愈下拜叩头，手舞又足蹈，连说镌刻于金石的文章我能做好。自古记撰国家大事，都称为大手笔，这件事没有交给一般的翰林担当。自古就有当仁不让的先例，一番话说完，天子频频点头。韩愈回家，斋戒后坐到了小阁，大笔如椽，何等畅快淋漓。运用尧典舜典歌颂功德，采用清庙生民诗赞美颂扬。写成的文章用变体行书抄录，清晨宫殿前再拜，将碑文呈给天子。奏表说：臣韩愈冒死进言，歌颂神圣功绩，应刻于石碑。石碑要有三丈高，碑字还要如斗大，要让灵鳌背负，并刻上龙纹。碑文句法奇特，语辞庄重，读懂的人很少，有人却向天子诋毁，说韩愈为文营私。石碑因此被百尺长的绳子拉倒，碑文也被沙石磨去。但是韩公的文章，却如同天地元气，早已沁入人们的肝脾。就像刻有古人著述的商盘和孔鼎，虽然物已不在，但文辞却流传下来。唉，圣主和贤相啊，相互显耀光辉，流传后世。如果韩公的这篇文章，不让后人看到，宪宗的功绩，又怎与三皇五帝相承接？我愿抄写文章一万本诵读一万遍，即使口角吐沫右手长茧我也无怨。要将此篇碑文传颂万万代，让它像封弹书一样作明堂的基石。

蝉

本以高难饱①，徒劳恨费声。五更疏欲断，一树碧无情。
薄宦梗犹泛②，故园芜已平③。烦君最相警④，我亦举家清。

注释 ①『本以』两句：古人认为蝉是餐风饮露的，故此处说它栖于高树而难得一饱，纵然作怨恨之声也是枉然。②薄宦：官卑职微。梗（gěng）犹泛：形容自己漂泊不定的生活就好像树梗浮于水面一样。③芜：荒草。④君：指蝉。

译文 本因栖身高枝，难得一饱，发出不平的鸣叫，也是徒劳。五更时，鸣声疏落似要断绝，而那大树，依然碧绿没有丝毫同情。我官职卑微，如树枝随水，漂流不定，故园早已荒芜，杂草丛生。烦劳你，继续鸣叫，对我再作警醒，我全家也会像你，高洁不佞。

风雨

凄凉宝剑篇①，羁泊欲穷年②。黄叶仍风雨，青楼自管弦。
新知遭薄俗，旧好隔良缘。心断新丰酒③，销愁斗几千？

注释 ①宝剑篇：唐将郭震（元振），少有大志。武则天曾召见，索其文章，震乃上《宝剑篇》。②『羁泊』句：意谓终年漂泊。③『心断』句：马周西游长安时，宿新丰旅店，店主人很冷淡，马周便要酒一斗八升，悠然独酌。后来唐太宗召与语，授监察御史。这里意思是说，不可能会像马周那样得到知遇了。心断，犹绝望。

新丰，故址在今陕西临潼东。

【译文】读着《宝剑篇》，我凄楚悲凉，羁旅漂泊，恐怕要到终年。我像枯黄的树叶，在风雨中飘摇，而别人，却在高楼吹管弹弦。新交的朋友遭到浇薄世俗的非难，昔日的好友也因为重重阻隔而疏远。满腔的悲愤和愁绪，要多少美酒才能消除呢？

隋宫

紫泉宫殿锁烟霞①，欲取芜城作帝家②。玉玺不缘归日角③，锦帆应是到天涯。

于今腐草无萤火④，终古垂杨有暮鸦⑤。地下若逢陈后主⑥，岂宜重问后庭花！

【注释】①紫泉：即紫泉宫，此指长安隋宫。②芜城：即扬州。③日角：旧说额头中央部分隆起如日，为帝王之相。④「于今」句：隋炀帝曾于长安、洛阳等地征集萤火虫，夜游时放出观赏。腐草，古人认为萤火虫是腐草变的。⑤垂杨：隋炀帝开凿运河，沿堤植柳两千里，后称「隋柳」。⑥陈后主：南朝陈的第五个皇帝，荒淫误国，后陈为隋所灭，故后世常以陈后主代亡国之君。

【译文】长安的隋宫，深锁在烟霞之中，隋炀帝想使扬州成为帝王的家。如果不是玉玺落到唐高祖李渊手中，隋炀帝的龙舟，恐怕早已行遍天下。如今，腐草中已没有萤火虫，只有隋堤杨柳，傍晚始终栖息着乌鸦。

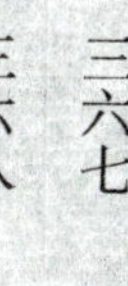

若在黄泉遇到陈后主，哪里敢再提起那舞曲《后庭花》。

筹笔驿

猿鸟犹疑畏简书①，风云常为护储胥②。徒令上将挥神笔③，终见降王走传车④。

管乐有才真不忝⑤，关张无命欲何如⑥。他年锦里经祠庙⑦，梁父吟成恨有余⑧。

【注释】①「猿鸟」句：意思是诸葛亮治军严明，至今连猿鸟也敬畏他的简书。简书，军令文书。②储胥：指军用的藩篱。③上将：指诸葛亮。④降王：指后主刘禅。走传车：指后主刘禅降魏后东徙洛阳。⑤管乐：管仲和乐毅。二人都是帮助君主成就霸业的名臣，诸葛亮未出茅庐时常以此二人自比。忝（tiǎn）：愧于。⑥关张：关羽和张飞。欲如何：谓诸葛亮又能有什么办法呢。⑦锦里：在成都城南，武侯祠所在。⑧梁父吟：相传诸葛亮隐居南阳时好咏此篇。

【译文】猿猴鸟禽，仍畏惧丞相的军令；风云聚集，也为他守护军营。诸葛亮徒然在这儿运筹谋算，最终后主刘禅还是降魏徙洛。孔明真的有管仲、乐毅的才干，可关羽、张飞已死，他还能怎么办？曾经在锦里凭吊武侯祠，诵完《梁父吟》，不禁为他深深遗憾。

无题（一）

昨夜星辰昨夜风，画楼西畔桂堂东。身无彩凤双飞翼，心有灵犀一点通。

隔座送钩春酒暖，分曹射覆蜡灯红。嗟余听鼓应官去，走马兰台类转蓬。

译文 昨夜的星辰昨夜的风，在那画楼的西侧桂堂之东。身虽无彩凤双翅飞到一处，心却有灵犀一点息息相通。隔着座位送钩春酒多温暖，分开小组射覆蜡灯分外红。叹我听更鼓要去官署应卯，骑马去兰台心中像转飞蓬。

无题（二）

来是空言去绝踪，月斜楼上五更钟。梦为远别啼难唤，书被催成墨未浓。

蜡照半笼金翡翠，麝薰微度绣芙蓉。刘郎已恨蓬山远，更隔蓬山一万重。

译文 你许诺再来去后却无影无踪，明月斜照楼阁已敲五更时钟。梦中因离别啼唤也难留住你，醒来着急写信未等墨汁研浓。残烛半照绣有翡翠鸟的帷帐，炉中熏香笼罩在芙蓉褥上。刘郎已经怨恨蓬莱山的遥远，如今分离你比蓬莱山还远万重。

无题（三）

飒飒东风细雨来，芙蓉塘外有轻雷。金蟾啮锁烧香入①，玉虎牵丝汲井回②。

贾氏窥帘韩掾少③，宓妃留枕魏王才④。春心莫共花争发，一寸相思一寸灰！

注释 ①金蟾：古人认为蟾蜍善闭气，故用以饰锁。②玉虎：井上的辘轳。丝：井绳。③「贾氏」句：晋韩寿英俊，司空贾充招他为僚属时，其女于窗中窥见韩寿，于是喜欢上了他。④宓妃：指洛神。留枕：相传曹植将过洛水时，忽见一美丽女子飘然而来，颇似自己故去的嫂嫂甄氏。于是洛神赠以在家时所用玉枕以慰思念，曹值因之而作《洛神赋》。

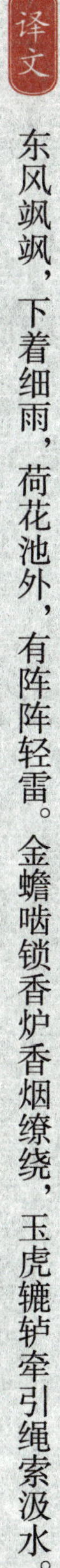

译文 东风飒飒，下着细雨，荷花池外，有阵阵轻雷。金蟾啮锁香炉香烟缭绕，玉虎辘轳牵引绳索汲水。贾女偷看帘外，因喜韩寿俊美；宓妃留枕，是爱魏王诗才。我的心，不要与春花竞放，免得相思无望，寸寸成灰。

无题（四）

相见时难别亦难，东风无力百花残①。春蚕到死丝方尽，蜡炬成灰泪始干②。

晓镜但愁云鬓改③，夜吟应觉月光寒。蓬莱此去无多路④，青鸟殷勤为探看⑤。

注释 ①残：凋零。②泪：指蜡烛油，这里指相思的泪水。③云鬓：女子多而美的头发，这里比喻

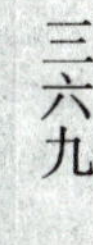

青春年华。④蓬莱：指仙境。⑤探看：探望。

译文　相见不容易，离别更是艰难，东风吹动无力，百花部已凋残。我的爱，如春蚕吐丝，到死才吐尽；又像蜡炬，燃烧成灰，泪才流干。早上梳妆，你忧虑双鬓变白；夜深独吟，料想你会觉得月光凄寒。由此去往蓬莱山，没有多少路程，托付青鸟，为我深情探望。

无题（五）

凤尾香罗薄几重①，碧文圆顶夜深缝②。扇裁月魄羞难掩③，车走雷声语未通。

曾是寂寥金烬暗④，断无消息石榴红。斑骓只系垂杨岸⑤，何处西南待好风？

注释　①凤尾香罗：织有凤尾花纹的华贵薄罗。②碧文圆顶：绣有碧绿花纹的罗帐圆顶。③扇裁月魄：指团扇。④烬：烛花。⑤斑骓（zhuī）：毛色青白相杂的马。

译文　薄薄的凤尾香帐，一重一重，碧纹的圆顶帐，我深夜赶缝。明月般的团扇，也难遮掩我的羞怯，还未及交谈，只听车声隆隆，那人已经走过。曾因相思寂寞直到更残烛尽，都没有睡着；可等到石榴花红了，他仍没消息。斑骓马栓在杨柳岸上，哪里能够等到好风能将他吹到我的身边呢？

无题（六）

重帏深下莫愁堂①，卧后清宵细细长②。神女生涯原是梦③，小姑居处本无郎④。

风波不信菱枝弱，月露谁教桂叶香？直道相思了无益⑤，未妨惆怅是清狂。

注释　①莫愁堂：幽寂清冷的居室。②清宵：清冷的夜晚。细细长：形容长夜难奈。③神女：即宋玉《高唐赋》中的巫山神女。④「小姑」句：语出古乐府《清溪小姑曲》：「小姑所居，独处无郎。」⑤了：完全。

译文　重重帷幕垂下莫愁堂，躺在床上，觉得静夜漫长。神女与楚王的遇合原来只是梦幻；青溪小姑那里，根本没有情郎。菱枝柔弱，遭风波摧折；桂叶芬香，却无月露滋养。深知沉湎相思毫无益处，但不妨把愁闷，看作是痴情狂放。

落花

高阁客竟去，小园花乱飞。参差连曲陌①，迢递送斜晖②。

肠断未忍扫，眼穿仍欲归。芳心向春尽，所得是沾衣。

①参差：指落花堆叠不平的样子。曲陌：曲折的小路。②迢递：远远地。

译文 宾客们陆续离开，小园中，花瓣乱飞。落花参差不齐地铺满曲折小径，仿佛在恭送远处的夕阳。很难过，不忍心扫开，盼春望穿眼，可春仍要离去。花心随着春尽而凋落，我所得到的，是泪落沾衣。

北青萝

残阳西入崦①，茅屋访孤僧。落叶人何在？寒云路几层？
独敲初夜磬②，闲倚一枝藤③。世界微尘里④，吾宁爱与憎⑤。

注释 ①崦（yān）：指太阳落山的地方。②初夜：夜之初。③藤：指藤杖。④「世界」句：《法华经》：「三千大千世界事，全在微尘中。」⑤宁：为什么。

译文 残阳西落到山坳，我去山间茅屋寻访高僧。落叶满地，不知人在哪里，深入寒云的山路，我翻了几层？黄昏时，才见他独自敲着钟磬，悠闲地靠着一根结实杖藤。大千世界，全在微尘当中，万事皆空，我又何言爱和憎？

瑶池

瑶池阿母绮窗开①，黄竹歌声动地哀。八骏日行三万里，穆王何事不重来②？

注释 ①瑶池：传说是西王母在昆仑山的居处。②穆王：西周人，姓姬名满，传说他曾周游天下。

译文 西王母打开绮窗向山下眺望，周穆王所作的《黄竹歌》的声音从山下传来，哀歌阵阵，搅动大地。周穆王的八匹骏马每天都要奔行三万里，究竟发生了什么事情使他违背了约定不再来我这儿了呢？

夜雨寄北

君问归期未有期①，巴山夜雨涨秋池。何当共剪西窗烛②，却话巴山夜雨时③。

注释 ①期：期限。②何当：什么时候。③却：再。

译文 你问我什么时候回家，我心里也没数，所以答不上来。今晚巴山下着大雨，水池已经被雨水涨满。什么时候你我才能重新相聚，在西窗下一起剪烛花，再说说今晚巴山下雨的情景呢？

春雨

怅卧新春白袷衣①，白门寥落意多违②。红楼隔雨相望冷，珠箔飘灯独自归③。
远路应悲春畹晚④，残宵犹得梦依稀。玉珰缄札何由达⑤？万里云罗一雁飞。

注释 ①袷（jiá）衣：即夹衣。②白门：指江苏南京。意多违：许多事都与愿望相违。③珠箔：珠帘。④畹（wǎn）：太阳落山的样子。⑤玉珰（dāng）：玉耳饰。缄札：指密封的书信。

译文 新春时，身穿白袷衣怅然躺卧，白门冷落，许多事与我愿望相违。隔着雨丝凝望红楼，倍觉清冷；

夜雨寄北

君问归期未有期，巴山夜雨涨秋池。何当共剪西窗烛，却话巴山夜雨时。

北青萝

残阳西入崦，茅屋访孤僧。落叶人何在，寒云路几层。
独敲初夜磬，闲倚一枝藤。世界微尘里，吾宁爱与憎。

细雨如珠拍打灯炷，我独自回来。远方的你，应悲伤于暮春落日凄婉；黎明时，我恍惚梦到与你相见。玉珰信函，怎样才能送达？万里云中，奋飞着一只大雁。

贾生①

宣室求贤访逐臣②，贾生才调更无伦。可怜夜半虚前席，不问苍生问鬼神③。

注释 ①贾生：指贾谊，汉代著名学者。②宣室：汉代未央宫的正殿。逐臣：被贬逐的大臣。③苍生：百姓。

译文 汉文帝求贤若渴，就在未央宫召见了被贬逐的大臣贾谊，他的才华格调无与伦比。文帝虚心垂询、凝神倾听，与他一直谈到半夜。可惜的是，他不问关于国计民生的大事，谈的却是有关鬼神和长生的事。

嫦娥

云母屏风烛影深①，长河渐落晓星沉②。嫦娥应悔偷灵药，碧海青天夜夜心。

注释 ①云母：一种矿石，古代常用来装饰屏风等家具。②长河：银河。

译文 月宫中，云母屏风染上了一层浓浓的烛影，银河逐渐斜落，启明星也已经下沉。嫦娥一定后悔当初偷吃了仙丹奔月，如今面对碧海蓝天，只有她独自一人。

寄令狐郎中

嵩云秦树久离居，双鲤迢迢一纸书①。休问梁园旧宾客，茂陵秋雨病相如。

注释 ①双鲤：指书信。

译文 我是嵩山云，你是秦川树，你我长久分离，今日，收到你千里迢迢寄来的书信。不要问，我这梁园旧客境况怎样，我就像茂陵秋雨里，卧病的司马相如。

凉思

客去波平槛，蝉休露满枝①。永怀当此节②，倚立自移时。北斗兼春远，南陵寓使迟③。天涯占梦数④，疑误有新知。

注释 ①蝉休：蝉声消歇。②永怀：长思。③南陵：县名，今安徽省芜湖市南陵县。寓使：托付传信的人。寓，托付。④占梦数：占卜梦境。

译文 你离去时，江水涨平栏杆，如今蝉声消歇，露水挂满树枝。怀念当年的美好时节，伫立沉思，不知不觉时光流逝。你住在北方，像春天般遥远，我在南陵，怨恨信使来得太迟。你远在天涯，我屡次借梦占卜，疑心你有了新交，而忘了旧识。

赵嘏

赵嘏（约806—853），字承祐，楚州山阳（今江苏淮阴）人。早年游历名山大川，于大和七年（833）举进士不中，羁留京城数年，拜谒权贵以求仕进，曾赴岭表为幕府。后归江东，居润州（今镇江）。会昌四年（844）中进士，居一年还家，会昌末或大中初再入长安，授渭南尉。约唐宣宗大中七年（853）卒于任上。现存二百余首诗作，以七律、七绝为多为妙。

江楼感旧

独上江楼思渺然，月光如水水如天。同来望月人何处？风景依稀似去年。

独自登上江楼思绪纷乱，月光如水水色如天。曾经到这里赏月的人现在何处？只有风景多多少少还和从前一样。

马戴

马戴，字虞臣，曲阳（今陕西华县）人。曾参加科举多次但皆落榜，唐武宗会昌四年（844）举进士。唐宣宗大中初于太原李司空处任掌书记，因犯颜直谏开罪上司，左迁为龙阳（今湖南汉寿）尉。唐懿宗咸通末年，佐大同军幕，拜太常博士。其诗歌风格近似贾岛，南宋诗论家严羽认为他的律诗在晚唐诸诗人中最为出众。

楚江怀古

露气寒光集，微阳下楚丘。猿啼洞庭树，人在木兰舟。广泽生明月，苍山夹乱流。云中君不见，竟夕自悲秋。

江上露气蒙蒙凝聚着寒光，夕阳落向楚地山丘。洞庭湖畔的树上猿猴啼叫，人坐在木兰舟上缓缓飘游。宽广的洞庭湖面升起明月，苍山上夹着泉瀑分泻乱流。可惜我看不见天上云中君，整夜里唯有独自伤感悲秋。

李频

李频（818—876），字德新，寿昌长林西山人。幼读诗书，博览强记。大中八年（854）中进士，调校书郎，任南陵县主簿，又升任武功县令。一生诗作颇多，但大多散佚。有《梨岳集》。

湘口送友人

中流欲暮见湘烟，苇岸无穷接楚田①。去雁远冲云梦雪②，离人独上洞庭船。风波尽日依山转③，星汉通霄向水连④。零落梅花过残腊⑤，故园归醉及新年⑥。

注释 ①楚：湘江流域在古时候为楚国的属地，故称楚。田：一作『天』。②去雁：北飞的大雁。云梦：云梦泽，在今洞庭湖北岸，湖南、湖北两省境内。雪：一作『泽』。③转：指友人所乘之船，终日在风浪中行转。星汉：银河。④零落梅花过残腊：一作『回首羡君偏有我』。⑤腊：腊月，阴历十二月。⑥归醉及新年：一作『归去又新年』，一作『归去醉新年』。醉：沉浸。

译文 傍晚时分，湘江水流在暮霭的笼罩之下更加浩渺，两岸漫无边际的芦苇连接着广袤的田野。严冬快要过去了，大雁冲起云梦泽的积雪，准备往北飞去了。在这样的日子里，友人来到洞庭湖边登上了北去的航船。友人归去，一路上将日夜兼程。白天劈波斩浪，顺着水势依山而转，夜里仰望星河，望着星空笼罩着浩瀚的洞庭湖面。梅花凋零腊月将尽，友人回到家刚好赶上新年，与家人团聚将是多么幸福啊。

薛逢

薛逢，字陶臣，蒲洲河东（今山西永济市）人。会昌元年（841）进士，历任侍御史、尚书郎等职。为人孤芳自赏，恃才傲物，屡次触犯权贵，故仕途颇不得意。其诗多表达对腐败世事的不满，表达了不愿随波逐流处世态度。

宫词

十二楼中尽晓妆①，望仙楼上望君王。锁衔金兽连环冷，水滴铜龙昼漏长②。
云髻罢梳还对镜，罗衣欲换更添香。遥窥正殿帘开处，袍袴宫人扫御床③。

注释 ①十二楼：本指神仙所居之处，此指宫女居住的楼台。②水滴铜龙：龙首滴水的铜壶滴漏。③袴（kù）：同『裤』。

译文 一大早，楼中宫妃就忙着梳妆，登上望仙台，盼望君王幸临。金色兽头门环紧锁，环冷宫亦冷，龙形铜漏，水声滴答，更觉日长。梳好发髻，还要对镜反复端详，想换件罗衣，再添些熏香。远远看到，正殿珠帘开启，一身袍袴的宫女，正在打扫龙床。

高骈

高骈（？—887），字千里，晚唐名将。出生于禁军世家，幼颇修饰，折节为文学。曾在咸通七年（866）率军收复交趾，破蛮兵二十余万。后历任天平、西川、镇海、淮南等五镇节度使。光启中被部将毕师铎所害。

山亭夏日

绿树阴浓夏日长①，楼台倒影入池塘。水精帘动微风起②，满架蔷薇一院香③。

注释 ①浓：指树丛的阴影很深。②水精帘：即水晶帘。形容质地精细而色泽莹澈的帘子。③蔷薇：一种观赏性植物，茎长似蔓。夏季开花，有红、白、黄等色，有芳香。诗中指这种植物的花。

译文 绿叶茂盛，树荫下显得格外清凉，白昼比其他季节要长，楼台的影子倒映在清澈的池水里。微风轻轻拂动晶莹的珠帘，满架的蔷薇正开着，整个庭院都弥漫着沁人心脾的清香。

郑畋

郑畋（823—882），字台文，河南荥阳人，性宽厚，能诗文，会昌二年（842）进士及第。刘瞻镇北门，辟为从事。瞻作相，荐为翰林学士，迁中书舍人，后官至检校尚书左仆射。

马嵬坡

玄宗回马杨妃死①，云雨难忘日月新②。终是圣明天子事，景阳宫井又何人③。

注释 ①回马：指唐玄宗由蜀中回长安。②『云雨』句：意谓玄宗、贵妃之间的恩爱虽难忘却，但战乱已平，国家有中兴之望。③景阳宫井：亡国之君陈后主闻隋兵至，携宠妃张丽华投景阳宫井中躲藏。

译文 杨贵妃死后，唐玄宗骑马返京城，如今山河已复，国家复兴在望，玄宗还是难忘旧情。马嵬赐死终是天子果断圣明，否则，不知道藏在景阳宫井中的将是谁了。

曹邺

曹邺（约816—875），字业之，一说邺之，桂林阳朔（今属广西）人。从小聪慧过人，读书刻苦勤奋。大中四年（850）举进士，先后做过天平节度使幕府掌书记、太常博士、礼部郎中、吏部郎中、扬州刺史，后辞官，居于桂林城北阜财坊，终日读书、写诗、教馆。他的诗作多表现其故乡的山水田园之美，有着浓重的乡土色彩。

官仓鼠

官仓老鼠大如斗，见人开仓亦不走。健儿无粮百姓饥，谁遣朝朝入君口？

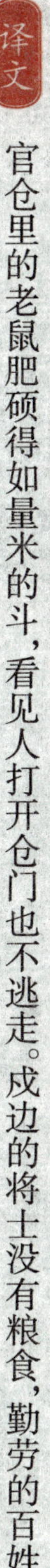

译文 官仓里的老鼠肥硕得如量米的斗，看见人打开仓门也不逃走。戍边的将士没有粮食，勤劳的百姓正在忍饥挨饿，是谁把官仓的粮食送入老鼠的口中？

杜荀鹤

杜荀鹤（约846—904），字彦之，号九华山人，池州石埭（今安徽石台）人。出身寒微，多次入京赴试，皆不中。曾作《时世行》十首献与朱温，望其轻徭薄赋，不中温意，后来进颂德诗讨好朱温。大顺二年（891）举进士。次年在宣州田頵处为从事。天复三年（903），奉頵命赴大梁通好朱温，温喜而授其为翰林学士，不久患恶疾，旬日病逝。他的诗作语言浅显易懂，风骨清雅，被后人称作「杜荀鹤体」。

春宫怨

早被婵娟误，欲妆临镜慵。承恩不在貌，教妾若为容？

风暖鸟声碎，日高花影重。年年越溪女，相忆采芙蓉。

译文　早因容貌美丽误入深宫，想要对镜梳妆心懒意慵。皇帝宠爱并不在乎貌美，我梳妆打扮又有什么用呢？春风和暖鸟声清脆悦耳，旭日高升花影叠叠重重。时时想起越溪浣纱女伴，何时才能一起再采芙蓉。

罗隐

罗隐（约833—909），字昭谏，余杭（今属浙江）人。原名横，因多次落榜，更名为隐。光启三年（887）归江东，穷困潦倒，55岁时改投吴越王钱镠，先后任钱塘令、镇海军掌书记、节度判官、盐铁发运副使、著作佐郎，奏授司勋郎。907年，朱温篡唐称帝，召以谏议大夫，不行。七十七岁逝世。罗隐自幼聪颖，然怀才不遇，故诗作多含讽刺之意。

雪

尽道丰年瑞[①]，丰年事若何？长安有贫者，为瑞不宜多。

注释　①尽道：都说。瑞：吉祥。

译文　都说瑞雪兆丰年，可真实的情况又是怎样的呢？长安城里多是风餐露宿的贫苦百姓，所以这样的大雪还是不要下得太多。

蜂

不论平地与山尖，无限风光尽被占[①]。采得百花成蜜后，为谁辛苦为谁甜？

注释　①风光：景色优美的地方。尽：全，都。占：占领，占据。

译文　无论是平地还是山峰，凡是景色优美、有鲜花盛开的地方，都被蜜蜂占领了。它们采遍百花，酿成了蜂蜜，可到头来它们又是在为谁忙碌，又为谁酿造了这醇香的蜂蜜呢？

杜荀鹤

杜荀鹤（约846—904），字彦之，号九华山人，池州石埭（今安徽石台）人。出身寒微，多次入京考进士不中，曾作《时世行》十首献给朱温，望其省徭薄赋，不中温意。后来献诗颂扬朱温，大顺二年（891）举进士。次年返回家乡田园隐居。天复三年（903），奉朱温之命出使大梁，颇得朱温赏识，受其荐授翰林学士。不久患病去世，仅五日而终。其诗语言通俗易懂，风格清新，被后人称作『杜荀鹤体』。

春宫怨

早被婵娟误，欲妆临镜慵。承恩不在貌，教妾若为容？

风暖鸟声碎，日高花影重。年年越溪女，相忆采芙蓉。

译文　早因容貌美丽误入深宫，想要对镜梳妆心中慵懒。皇帝宠爱并不在乎貌美，我梳妆打扮又有什么用呢？春风和暖鸟声清脆动听，旭日高升花影层层重重。我时时回想越溪浣纱女伴，何时才能一起再采芙蓉。

罗隐

罗隐（约833—909），字昭谏，余杭（今属浙江）人。原名横，因多次落榜，更名为隐。光启三年（887）

归江东，依附吴越王钱镠，先后任钱塘令、镇海军掌书记、节度判官、盐铁发运副使、著作郎、秦鉴司勋郎。907年，朱温篡唐称帝，召以谏议大夫，不行。七十七岁逝世。罗隐自负才学，愤世嫉俗，怀才不遇，其诗讽刺多含愤慨之意。

雪

尽道丰年瑞①，丰年事若何？长安有贫者，为瑞不宜多。

注释　①尽道：都说。瑞：吉祥。

译文　都说瑞雪兆丰年，丰年的情况又是怎样的呢？长安城里多的是风餐露宿的贫苦百姓，所以这样的大雪还是不要下得太多。

蜂

不论平地与山尖，无限风光尽被占①。采得百花成蜜后，为谁辛苦为谁甜？

注释　①风光：景色优美的地方。尽：全，都。占：占据。

译文　无论是平地还是山峰，凡是景色优美、有鲜花盛开的地方，都被蜜蜂占领了。它们采遍百花，酿成了蜂蜜，可是到头来它们又是在为谁辛苦，又为谁酿造了这醇香的蜂蜜呢？

韦庄

韦庄（836？—910），字端己，京兆杜陵（今陕西省长安区东北）人。天祐三年（906）任西蜀安抚副使，劝王建称帝，以功拜相。晚唐西蜀重要词人与诗人，其词与温庭筠齐名，世称『温韦』，是花间派代表词人。其诗多以伤时、怀古、离情、感旧为主题，诗风清丽飘逸。

台城

江雨霏霏江草齐，六朝如梦鸟空啼①。无情最是台城柳②，依旧烟笼十里堤。

注释 ①六朝：指建都于金陵（今南京）的吴、东晋、宋、齐、梁、陈六个朝代。②台城：六朝宫城，又名苑城。

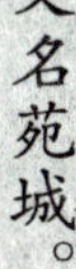
译文 江上细雨蒙蒙，岸边青草繁盛，六朝繁华，如烟似梦，现在只剩鸟儿悲啼。最无情的，是台城的杨柳，依旧如烟似雾，笼罩十里长堤。

章台夜思

清瑟怨遥夜，绕弦风雨哀。孤灯闻楚角①，残月下章台。芳草已云暮，故人殊未来②。乡书不可寄③，秋雁又南回。

注释 ①楚角：楚地的号角声。②殊：尚，还。③乡书：指家书。

译文 长夜瑟音清冷，撩拨我的幽怨，仿佛风雨绕弦，凄凉悲哀。孤灯摇曳，听楚地号角连声；一钩弯月，沉落章华台。芳草都已泛黄，我的老朋友却还没来。战乱依旧，家书难以寄出，而秋雁又向南方飞来。

张乔

张乔，生卒年不详，今安徽贵池人，与许棠、郑谷、张宾等东南才子称『咸通十哲』。黄巢起义时，隐居九华山以终。其诗多写山水自然，清雅巧思，风格似贾岛。

书边事

调角断清秋①，征人倚戍楼②。春风对青冢③，白日落梁州④。大漠无兵阻，穷边有客游⑤。蕃情似此水，长愿向南流。

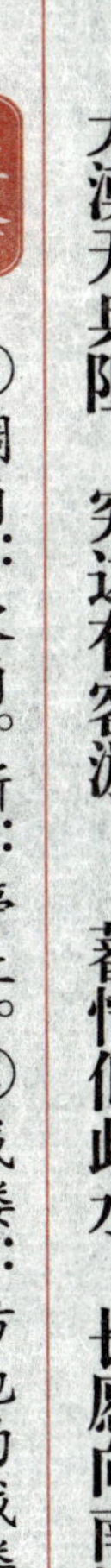
注释 ①调角：吹角。断：停止。②戍楼：防地的城楼。③青冢（zhǒng）：指昭君墓。④梁州：指凉州。唐时凉州为边塞之地。⑤穷边：绝远的边地。

译文 清亮号角划破秋天的宁静，战士们倚靠在戍防城楼上。春风吹拂着昭君墓，夕阳落到边城凉州。大

漠上，没有敌军侵扰；偏远边陲，有游人在漫游。但愿吐蕃归化能像这大河一样，长久地向南流入中原。

韩偓

韩偓（842—923？），字致尧，（一作致光），小名冬郎，号玉山樵人。京兆万年（在今陕西西安附近）人。龙纪元年（889）始登进士第，一度出佐河中节度使幕府，回朝后拜左拾遗，迁左谏议大夫。后因忤触权臣朱温，贬濮州司马，遂弃官南下。其间，皇帝曾两次诏命其还朝复职，皆不应。著有《香奁集》，风格纤巧。

已凉

碧阑干外绣帘垂，猩色屏风画折枝。八尺龙须方锦褥，已凉天气未寒时。

译文　碧绿栏杆外面，绣帘低垂，猩红色屏风上，画着折下的花枝。锦褥上铺着八尺龙须草席，因为天虽转凉，却还没到寒冷之时。

吴融

吴融，字子华，越州山阴（今浙江绍兴）人，生卒年不详。昭宗龙纪元年（889）登进士第。天复元年（901）朝贺时，受命于御前起草诏书十余篇，顷刻而就，深得昭宗赏识，进户部侍郎。同年冬，昭宗被劫持至凤翔，扈从不及，客居阌乡。不久，召还为翰林学士承旨，卒于官。

子规

举国繁华委逝川，羽毛飘荡一年年。他山叫处花成血，旧苑春来草似烟。雨暗不离浓绿树，月斜长吊欲明天。湘江日暮声凄切，愁杀行人归去船。

译文　举国的繁华都随着光阴的流逝一去不复返，孤独的羽翼年复一年地四处飘荡。泣血的叫声将他山的花染红，而故国苑囿在春天到来时，依然草木含烟。风雨天暗，（杜鹃）盘桓在浓绿的树荫中；月落影斜，迎着欲曙的天空凄然长鸣。在湘江日暮时分听得这凄切的声音，船上旅客行人都不禁黯然销魂。

金昌绪

金昌绪，生卒年不详，余杭（今浙江杭州市）人，身世不可考，诗传于世仅《春怨》一首。

春怨

打起黄莺儿，莫教枝上啼。啼时惊妾梦，不得到辽西①。

注释 ①辽西：辽河以西，这里代指边地。

译文 快打飞那黄莺，别让它在枝上啼叫。它惊扰了我的美梦，害我不能梦去辽西。

钱珝

钱珝，字瑞文，吴兴人，吏部尚书钱徽之子。昭宗乾宁二年（895）任尚书郎，掌诰命，后为中书舍人。

按《新唐书·钱徽传》，钱珝得以任知制诰并为中书舍人，全仗宰相王抟提拔。光化三年（900）六月，王抟遭贬，旋被赐死，钱珝坐其事贬抚州司马。

未展芭蕉

冷烛无烟绿蜡干，芳心犹卷怯春寒。一缄书札藏何事，会被东风暗拆看。

译文 仿佛绿脂凝成的蜡烛笼罩着春寒，花心尚未舒展似乎是因害怕那寒意。一卷密封的书札暗藏着多少秘密，但最终将被春风偷偷拆开，呈现在无限的春色当中。

曹松

曹松，字梦征，舒州（今安徽潜山）人。少时避乱迁居洪都西山，后投建州刺史李频。李频死后，他漂泊四方，无所依傍。天复初，杜德祥主文，令其与王希羽、刘象、柯崇、郑希颜等中进士，此时众人均已过古稀之年，时人称『五老榜』。

己亥岁

泽国江山入战图，生民何计乐樵苏。凭君莫话封侯事，一将功成万骨枯。

译文 水乡江南卷入战火，百姓无法维持生计。请你不要再谈论封官晋爵之事了，要知道，一个将军扬名立万，是成千上万的士兵送了命来成全的。

郑谷

郑谷（约848—911），字守愚，袁州（今江西宜春）人，七岁能作诗。光启三年（887）中进士，任京兆鄠县尉。迁右拾遗补阙。乾宁四年（897）任都官郎中，诗家遂称之为『郑都官』。又因其《鹧鸪》诗闻名当时，号『郑鹧鸪』。著有《云台编》三卷、《宜阳集》三卷。

鹧鸪

暖戏烟芜锦翼齐①，品流应得近山鸡②。雨昏青草湖边过③，花落黄陵庙里啼④。
游子乍闻征袖湿，佳人才唱翠眉低。相呼相应湘江阔，苦竹丛深日向西⑤。

注释 ①暖戏：鹧鸪『性畏霜露，早晚希出』（崔豹《古今注》），故于天气温暖时出来嬉戏。②品流：品类。③青草湖：古代五湖之一，在洞庭湖南部，今湖南省境内。④黄陵庙：在今湖南湘阴县北黄陵山下，湘水流经洞庭湖处。相传娥皇、女英在舜死后，自投于湘水，化为神，此即为祭祀二妃的祠庙。⑤苦竹：竹子的一种，戴凯之《竹谱》：『苦竹有白有紫而味苦。』

译文 鹧鸪在温暖的烟雾弥漫的荒地上嬉戏，五彩斑斓的羽毛多么整齐；它们的品类应该和山鸡相似。天昏雨暗时，它们从青草湖边低翔而过；春花飘落时，它们在黄陵庙边啼叫声声。异乡的游子听闻后不禁泪洒衣袖湿，佳人才开口唱《山鹧鸪》，就黯然低下了眉头。宽阔的湘江上鹧鸪声此起彼伏，茂密的苦竹丛深处，太阳正向西落下。

淮上与友人别

扬子江头杨柳春，杨花愁杀渡江人。数声风笛离亭晚，君向潇湘我向秦。

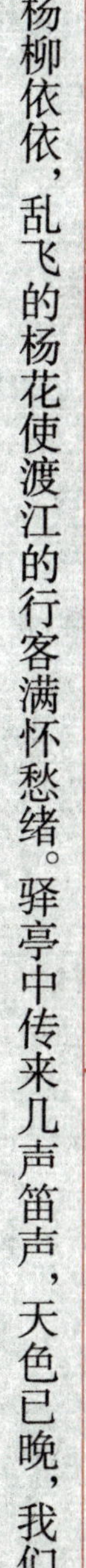

译文 扬子江边杨柳依依，乱飞的杨花使渡江的行客满怀愁绪。驿亭中传来几声笛声，天色已晚，我们即将分别，你要去潇湘大地，我要去京都长安。

秦韬玉

秦韬玉，字仲明，京兆（今陕西西安）人。屡考进士不第，唐僖宗中和二年（882）赐进士及第。曾随唐僖宗入川，攀附权高势大的宦官田令孜，授工部侍郎、神策军判官。所作诗歌均用七言，想象奇特，用语清新典雅，意境自然，多传世名句，艺术成就斐然。

贫女

蓬门未识绮罗香，拟托良媒益自伤。谁爱风流高格调，共怜时世俭梳妆。
敢将十指夸针巧，不把双眉斗画长。苦恨年年压金线，为他人作嫁衣裳！

译文 贫家的女儿不识绮罗的芳香，想托个良媒说亲更感到悲伤。谁能爱我高尚的品格和情调，珍惜我这朴素入时的梳妆。敢夸十指灵巧针线做得精美，绝不天天描眉与人争短比长。深恨年年手里拿着金线刺绣，都是替富人家小姐做嫁衣裳。

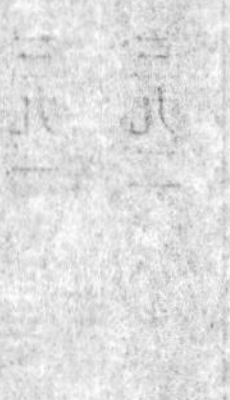

王驾

王驾（851—？），字大用，河中人。大顺元年（890）中进士，累官至礼部员外郎，自号守素先生。结集六卷，现传诗六首，数量少却极有名，尤以《社日》《雨晴》影响甚大。

雨晴

雨前初见花间蕊，雨后全无叶底花。蜂蝶纷纷过墙去，却疑春色在邻家。

译文　雨前明明见到花瓣中的花蕊，雨后却只剩下了绿叶，花瓣已被雨水打落在地。蜜蜂蝴蝶兴高采烈地飞过院墙，难道春天还留在邻家吗？

社日

鹅湖山下稻粱肥①，豚栅鸡栖半掩扉②。桑柘影斜春社散③，家家扶得醉人归。

注释　①鹅湖山：在今江西省铅山县境内。原名荷湖山，因东晋人龚氏在此养鹅，故更名。②鸡栖：鸡舍。《诗经·王风·君子于役》：『鸡栖于埘，日之夕矣。』③桑柘（zhè）：桑树和柘树，这两种树的叶子均可用来养蚕。春社：春季祭祀土地神的日子，多在春分后的戊日进行。

译文　鹅湖山下，田里的庄稼长势喜人，家家户户猪满圈，鸡成群，门儿半掩着。桑柘树的影子越来越长，春社的欢宴才刚散去，家家搀扶着喝醉的人归来。

张泌

张泌，字子澄，生卒年不详。曾较长时间滞留长安，短期逗留成都、边塞等地。唐末时登进士第。

寄人

别梦依依到谢家①，小廊回合曲阑斜。多情只有春庭月，犹为离人照落花。

注释　①谢家：唐诗中常以谢娘称自己所喜爱的女子。

译文　别后情谊依依，我梦中来到你家，长廊依旧回环，栏杆曲折横斜。春天的庭院，只有多情明月高挂，它还在为我照着园里的落花。

杜秋娘

杜秋娘，原籍润州（江苏镇江）。天生丽质，能歌善舞，亦擅长填词作曲。本为节度使李琦妾，因李琦事败没入宫中，受到唐宪宗宠幸。杜牧作《杜秋娘诗》录其身世。存诗仅此一首。

金缕衣①

杜秋娘

劝君莫惜金缕衣②，劝君惜取少年时。花开堪折直须折③，莫待无花空折枝。

注释 ①金缕衣：唐世新曲，本诗或为创调。②金缕衣：饰以金饰的舞衣。缕是织法。梁刘孝威《拟古应教》：『青铺绿琐琉璃扉，琼筵玉笋金缕衣。』③直须：就应。

译文 劝君啊，不要舍不得一件金缕衣；劝君啊，应把少年时光最惜取。趁着鲜花盛开啊，若能攀折就快快地折；莫等到，花瓣儿黄落啊，徒然折得空枝子。